独身四姉妹と居候

弓月 誠

フランス書院文庫

独身四姉妹と僕

●もくじ

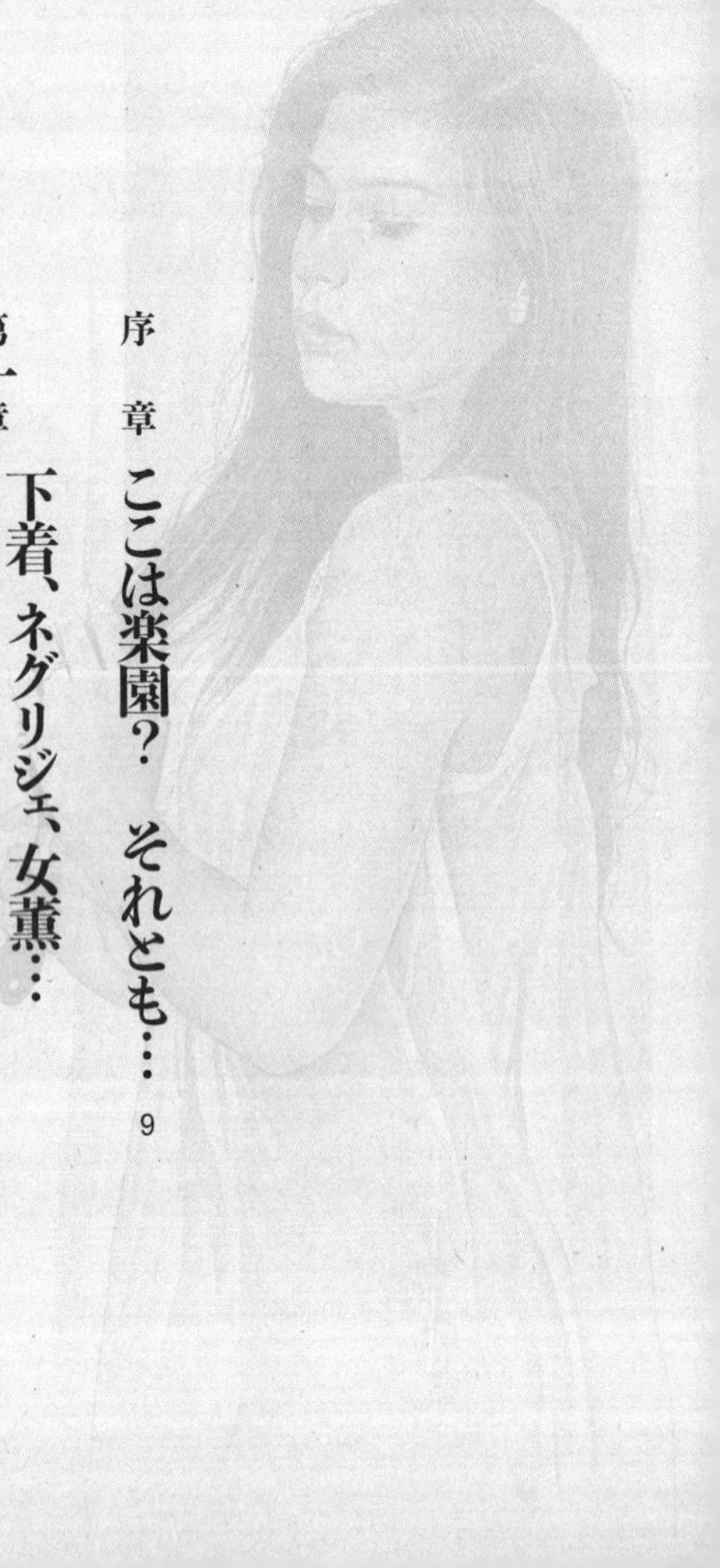

序章　ここは楽園？　それとも…　9

第一章　下着、ネグリジェ、女薫…　四姉妹の濃厚フェロモン　20

第二章　男手が足りないから手伝って…　部屋を訪ねてくる美乳熟女　73

第三章　誘われるがままに…　綱渡りの日替わり姦淫　126
第四章　淫らすぎる家族計画　恥じらい処女の「賭け」　175
第五章　未亡人が身体で引き留めようと…　居候が家を出て行く日　225
第六章　「四つ巴」の戦い　世界でもっとも淫らな一軒家　274
終　章　新しい生活　324

独身四姉妹と居候

序章　ここは楽園？　それとも…

久しぶりに見る実家は、なんとなく様子が違っていた。

「ま、気のせいだろ。なにしろ大学に入ってからこっち、ずうっとこの家には戻ってないんだもんな……変わったのは、実家じゃなくて僕の方かもね」

自分に言い聞かせるように秋山真一《あきやましんいち》は呟き、ポケットを探ってキイを取り出した。この鍵を使うのもほぼ十年ぶりだ。

真一は会社に入ってから今日までの六年を、ずっと海外支社で過ごしてきた。帰国することはあっても、大抵は会社とホテルの行き来だけで終わっていたから、実家はもちろん、日本自体が懐かしい。

「懐かしいと言えば、叔父さんたちに会うのも久しぶりなんだよな……もちろん元気にしてると思うけど……少し心配だな」

大学に入ってから今日まで、ほとんど連絡を取っていないことを思い出し、真一は少し申し訳ない気持ちになる。親代わりの叔父夫婦には、どんなに感謝しても足りないのに。

両親を早くに亡くしたが、真一は、寂しさや悲しさを感じた記憶がまったくない。引き取ってくれた叔父夫婦は、真一を自分の息子以上に思って育ててくれたのだった。

「会ったらとにかく謝らなくちゃな。それと、うんと親孝行しなくちゃ。そうだ、会社からは少し休みももらっているから、温泉旅行にでも連れて行ってあげよう」

などと思いつつ、真一は、懐かしい我が家のドアを開けたのだった。

「う、うわあ！」

振りおろされたモップが、真一の目の前一センチを、猛烈な勢いで通過していき、土間にぶつかりへし折れた。

「な、なに？　なにが起きたの？……うわあ！」

玄関に立ち尽くしたまま、何気なく前を見て、真一はふたたび驚いた。

パンティ一枚の女性が、折れたモップを手にしたまま、真一を見て固まっている。

「……どなた、ですか？」

いきなりの遭遇に驚いたのか、肌を隠すのも忘れて女性が言った。長姉・小和田靖《おわだやす》子《こ》であるのを真一が知るのは、もちろんもう少し先のことだ。

靖子は着替え中だったらしい。唯一身に着けているベージュのパンティは、落ち着いた彼女の美貌によく似合っていた。それとは対照的に、惜しげもなく晒された乳房は、目を見張るほど綺麗な形を、真一の前で揺らしている。濃い目の桜色の先端が、彼女のいない真一の目に堪らなく眩しい。

「どなたって……それはこっちのセリフです……けど……ごくり……」

驚いたのもつかの間、真一は早くも、眼前の女性の肌に目を奪われている。そんな不躾な真一を、抗議するみたいに見上げていた綺麗な桜色の乳首はしかし、気づいた靖子の小さな悲鳴とともに、すぐさま手で覆われてしまう。

「ちょ、ちょっとみんな！　痴漢よ！　変態が家に入ってきたわよお！」

我に返った靖子が、片手で胸を隠しながら、折れたモップで攻撃してくる。豊かな乳房は片手では隠しきれず、モップ攻撃のたびに乳首が顔をのぞかせるのが可愛い。が、真一は今はそれどころじゃなかった。

「ち、痴漢？　へんたい？　なに言ってるんですか！　ここは僕の家……痛い！」

「どこが誰の家ですって？　バカ言わないで！　ここは私たち姉妹の家です！　早く

出て行って！　いったいこの家はなんなのよ？　ゴキブリばかりかこんな変態まで」

「出て行くのはそっちの方……ちょ、ちょっと待って。話し合いましょう。ね？」

さっきのモップ攻撃は、ゴキブリ退治のためだったのか……などと、変な納得をしながら、自宅玄関で右往左往している真一の耳に、違う女性の声が聞こえてきた。

「ねぇ、靖子姉さん、お風呂、まだお湯の出が悪いわ。やっぱり業者に頼まなくちゃダメじゃないかしら。この際だから、徹底的に直しちゃおうよ」

声のする方を見て、真一が三度驚く。

バスルームのドアの前に、全裸の女性が立っていた。張り出したおっぱいの先や、股間の豊かな茂みから、水の滴がぽたぽた落ちている。洗い髪をタオルで被っているから、華やかな美貌はもちろんのこと、すっきりしたうなじまで丸見えだ。この女性が、次女の未佳子《みかこ》であることを真一が知るのも、もちろんもう少し先のことだ。

「……あら、お客様？　こんな格好でごめんなさいね？」

「い、いえ、こちらこそ……痛いっ」

見事な裸身を隠すでもなく、艶やかに微笑む未佳子につられて、頬を緩めた真一の頭に、モップの柄が直撃をする。思わずしゃがみこんだ。

「もう、靖子姉さんたら、お客様になんてことするのよ。ゴキブリじゃないのがわからないの？……ねぇ君、大丈夫？　頭くらくらしてない？」

素足にサンダルを履いた未佳子が、全裸のままで近づいてきて、真一の頭を膝に乗せてくれた。痛みなど一瞬で吹き飛んだ。

「あ、は、はひ。なんとか……あぁ……おっぱい……いい匂い……やわらかい……」

「おっぱい？……そっか、私、裸だったのよね。家の中が女だけだと、ついつい恥じらいを忘れてしまってだめね……あら、滴でお顔が濡れちゃってる。冷たくない？」

乳首の先から落ちる水滴を、指で拭いながら未佳子が微笑む。

「は、はい、だいじょぶ……あ、それ以上屈まないで……当たる……ちくび」

仰向けになっている真一の視界は、未佳子のおっぱいと美貌だけで占められている。殴られてよかったと思えたのは、これが生まれて初めてだ。

「ちょ、ちょっと未佳子ちゃんたらやめなさい！　そんな格好で近づいちゃダメ！　早く離れて！　危ないわよ！」

姉の靖子が、おっぱいを隠すのも忘れて未佳子に叫ぶ。初対面にもかかわらず、危ないとまで言われては、さすがの真一も気分が悪いが、揺れる二人の生乳で充分相殺されている。

そこにふたたび――

「ちょっとお、さっきからなに騒いでるのよ。近所まで聞こえちゃうじゃない」

「もしかしてまた虫が出たの？　いちおう殺虫剤持ってきたけど……」

階段の方から声がして、反射的に視線を向けた真一は、四回五回と連続で驚く。

二人の、これまた美しい女性が、階段の途中で立ち止まって真一たちを見つめている。一人は薄紫のブラ&パンティという出で立ち、もう一方は白のレオタード姿だ。

が、せっかくの艶姿を拝めたのは一秒に満たなかった。

「きゃあっ！」

「たす、たすけてえ！」

真一を見るなり金切り声をあげ、二人の姿は一瞬で消えた。階段を駆けあがっていく二人の尻の形が、微妙に違うのを真一は見逃さない。もちろんどっちもとっても素敵だった。下着の女性が末妹の麻紀《まき》、レオタードの三女は歩美《あゆみ》という。それを真一が知るのは、言うまでもなくもう少し先だ。

とにかく今の真一は、頭の中が混乱している。叔父夫婦に会えるのを期待していたところに、半&全裸の四人の女性に迎えられたのだから無理からぬ話ではある。

「そ、それにしても、この家の人たちは、どうしてみんなこんな格好なんだ？……おまけに四人全員が美人だなんて……まるで天国だよ……あ、ま、まさか僕、どっかで即死して気づいてないとか？……」

半ば本気で頬をつねった真一を見て、未佳子が思わず吹き出した。

「心配しないで、君、ぜんぜん死んでないから。褒めてくれるのは嬉しいけど、天国っていうのは大げさじゃない？　ふふ、天国ですって……じゃ、私たちは天使？……くす……嫌だわ……ふふ……」

ほら、痛いでしょう？……と、真一の頬をつねると、未佳子がにっこり微笑んだ。

全裸も相まって、まさに天使の微笑だったが、夢でも天国でもないとなれば、いつまでもこうしているわけにはいかなかった。

「変なこと言ってすみません。あ、だ、だからって僕、狙って入ってきたわけじゃないですよ？　それにもちろん変態でも痴漢でもありませんから」

温かい腿の甘さに後ろ髪を引かれながら真一は立ちあがった。はたと思いつき、財布から名刺を出して二人に渡す。曲がっていたけど、この際仕方がない。

「そんなのわかってるわ……あら、秋山さんって……それじゃ、もしかして……」

名刺を手にした二人が顔を見合わせ、同時に真一に視線を向けた。二人の、特に靖子の申し訳なさそうな表情を見て、真一が安堵したのは言うまでもない。

「わかっていただけてよかったです。で、あなたたちはどうしてこの家に？……」

「半月前にここを買ったの。一昨日から引っ越し作業をしているのだけれど、なかなかはかどらなくて困ってるの」

「買った？　この家をですか？　売りに出ていたんですか？　でもどうして？」

靖子の話を聞きながら自問していた。もちろん答えは見つからない。今ほど真一は、十年の無沙汰を悔いたことはない。

「売りに出ていなければ買えないでしょう？　先方の理由まではわからないわ。良さそうな方だったのは確かだけれど……」

「そ、そうですか……で、叔父夫婦は、前の住人はどこに行ったかご存知ですか？　僕の叔父さんと叔母さんなんです。とっても大事な人たちなんですっ」

「私たちは、そこまで教えてもらっていないわ。でも、不動産屋さんに訊けばきっとわかるんじゃないかしら。契約書類とかあるでしょうし」

「た、確かに。じゃ、さっそく明日にでも行ってみます……」

目の前の素敵な姉妹のことも忘れて、さすがの真一も考えこんでしまう。自分になんの連絡もなしに、叔父夫婦が姿をくらますなんてありえない。

「……きっとなにかの手違いで、僕に連絡が来なかったに違いない。それにしても心配だな……きっとどこかで元気にしてるとは思うけど……でも、どうして……」

沈思している真一を、ふいに聞こえてきたチャイムが現実に戻した。

「あん、また間の悪い……こんな格好じゃ出れないわ。悪いけどお願いしてもいい？すぐに戻るから」

「あ、はい、もちろん」

姉妹が奥へと消えるのを確認してドアを開く。作業着姿の若者が立っていた。

「お世話になります。引っ越しセンターの者です。お荷物を運んでもよろしいでしょうか？」

あっちを引き払う時に、業者に荷物を頼んでいたのをすっかり忘れていた。大した量ではないけれど、飛行機の手荷物扱いで運べるほど少なくもなかった。

「お願いします……あ、待って。とりあえず玄関先に置いといてください」

室内に入ろうとした作業員をあわてて止めた。事の仔細はわからぬが、とにかく、ここが自分の家ではない以上は、荷物を運びこむわけにはいかない。

「……この荷物、もしかしてあなたのなの？」

ほどなく奥から戻った靖子が真一に訊いた。もちろん今は服を着ている。未佳子もワンピースで戻ってきた。生足が眩しい。まだ下はなにも着ていないのかもしれない。

歩美と麻紀の二人は、二階にあがったきりだった。

「は、はい。実は海外の赴任先から戻ったばかりでして……だからまだ実家以外行き場もなくて……まさかこんなことになってるなんて思ってもみなかったし……」

玄関先に置かれていく荷物を見ながら、途方に暮れた表情で真一が言った。大した量ではないけれど、今からホテルに持っていけるほど少なくもない。

「あの……大変不躾なお願いで恐縮なのですが、今夜だけ荷物をここに置かせていただけないでしょうか？　明日必ず、落ち着き先を見つけますので……」

「それはもちろん構いませんが……」

そこで靖子は言葉を切ると、横の未佳子を見た。未佳子が頷くのを確認すると、また真一に視線を向けた。ちょっぴり頬が赤くなっている。

「もしよかったら、このままここに腰を落ち着けたらいかが？」

「それは大変ありがたいですけど……本当にいいんですか？　僕、男ですよ？」

「前の住人をホームレスにするわけにいかないでしょう？　ここにいれば、叔父様たちから連絡が来るかもしれないですし。それに四対一なら、万一あなたが変な気持ちになってもなんとかなりますわ」

「そ、そうですよね。ありがとうございます！　助かります！　本当にありがとうございますっ」

ちょっぴり真顔になって、最後に靖子は、とっても失礼なことを言った。でも、そんな靖子がなんだかとても可愛くて、真一はつい笑顔になってしまう。それに、とにかくも実家にまた住めるうえに、こんなに素敵な四姉妹と同居できるのだ。笑顔にならない方がおかしい。

「ただし――」

横で二人を見ていた未佳子がふいに口を開いた。

「ここが天国じゃないことは、きちんと頭に入れておいてね？　居候さん」

とびきりの笑顔で未佳子は言うと、ぴん……と、真一のおでこを指で弾いた。

「も、もちろんわかっています。僕にできることがあれば、なんなりと申しつけてください。この家のことなら、みなさんよりぜんぜん詳しいですから」

ちょっぴり誇らしげに真一は言った。引っ越しもまだ終わってないようだし、ここは一つ、男手のありがたさをわからせてやることにしよう。

未佳子の言葉が半分正しく、そして半分間違っていることを真一が知るのは、まだもう少し先のことだ。

第一章 下着、ネグリジェ、女薫…
四姉妹の濃厚フェロモン

1

朝の洗面所は、むせ返るほどの女性の薫りで満たされている。

すぐ横のバスルームから漂ってくる、昨夜の四人の入浴の残り香に、脱衣カゴに山となっている、みんなの脱いだ服からのそれが重なって、洗面所はまさに女の花園、あまりの芳しさのせいで、真一はつい、熱い溜め息をこぼしてしまう。

とはいえ、薫りを愉しむためにここにいるわけではない。身だしなみを整えに来たのは一時間も前のことだ。

「さてと……はじめるか」

目を閉じると真一は、手探りで洗濯の準備をはじめる。まずは脱衣カゴの中に手を入れる。

「あぁ、動かすとますます……ふう……堪らないよ」

カゴから洗濯槽に移すだけで、四姉妹の薫りが濃厚にたなびき、辺りをますます華やがせる。

だから真一は、息をするだけで勃起している。胸の奥底まで、四姉妹の甘酸っぱい芳香で満たされてしまっている。こんなに濃厚な、甘くて切ない薫りに包まれては、健康な二十八歳の男が勃起しないわけがない。軽く前屈みになって作業をつづける。

「さてと、これで全部かな？　もう残ってないよな？……」

脱衣カゴの奥を確かめる真一の目は、一度も開かれてはいない。ゴミが入ったわけではない。家事の多くを担う真一だけれど、四姉妹の脱いだ衣類を見ることは厳に戒められている。

「気持ちはわかるけど、目をつぶって洗濯してくれなんて難しすぎ……あぁくそ、洗剤はどこだ？　また動かしたな……」

目を閉じたまま顔をしかめて、おぼつかない手で辺りを真一は探る。

洗剤はどうにか見つかった。しかし、すぐ次の問題が発生する。

「あれ、絡まって取れない……ブラのホックがなにかの布に……誰だ、ネットに入れなかったのは……きっと未佳子さんだな、あの人、色々な意味で鷹揚だから……」

文句を言いつつも、真一は目を閉じて手を動かしているのだった。禁止されてはいるけれど、監視されているわけではないから、少しくらい見たって平気なのだが、なにしろそこは居候の身の上、清廉潔白を旨とせねば。

とはいえ——

洗面所で一人、四姉妹の濃厚極まりない芳香に包まれながら、真一は必死に誘惑と戦っている。

いつもの真一ならば、こんなにいけない気持ちにはならないのだけれど、なにしろこの家に来て以来、オナニーしたのは一度きり、溜まりに溜まりきっている。ちなみに、そのたった一度のオナニーを、目敏い未佳子に気づかれて以来、真一の禁欲生活はつづいている。

「いくら居候の部屋だからって、ノックもなしに入るんだもんな……今、思い出しても、顔から火が出るほど恥ずかしいよ……」

そういう事情も相まって、真一は頭に血がのぼっている。

「でもだめだ。どんなに溜まってても……約束なんだぞ……誰も見ていないからってそんな……そうだよな、誰も見てないんだよな……って、だからダメだって」

真一の頭の中で、悪魔と天使が戦っている。戦況は一進一退、どちらが勝ってもおかしくない。

なにしろ——

「ごくり……」

思わず喉を鳴らしてしまう。すぐ目の前にあるのだ。禁断の木の実が。

一目見るなり、真一を魅了した美人四姉妹の身体に、一日中××していて、すっかり○○になってしまった、素敵な素敵な△△が。

変態じゃない真一でも、好奇心を抑えることはかなり難しい。

「あぁ、だめだ。想像したらますます……」

股間が痛いほどになっている。

「あぁ、ダメだ……ダメだって……それなのに……くそ、手が……勝手に……」

とうとう探ってしまった。洗濯機の中を。真一はちょっぴり自己嫌悪をおぼえるが、しかし同時に、ときめく心を抑えられない。

「これは……ブラジャーかな……こっちは……パンティだな……どれが誰のなんだろう?……あぁ、どれもこれも、すごく肌触りがいいから……って、僕はなにをしてるんだ……バカ……あぁ、やめろ。やめるんだ。今なら間に合う。間に合うから」

興奮と禁忌に震える指先から、レースや紐の感触が伝わってきて、真一の心と股間を熱くさせる。布の手触りはあくまで甘く柔らかい。男の下着とは感触からして全然違う。

「いったいみんなは、どんな下着を愛用してるんだろうか？……」

指先の布地の感触とともに、四姉妹の美貌が、真一の脳裏に浮かんでくる。一番最初は、もちろん長女の靖子だ。

未亡人の靖子は、三十八という年齢以上に大人びた雰囲気の持ち主だ。

もちろんそれは、おばさんっぽいという意味ではない。しっとり落ち着いた風情は、元人妻にしか出せない魅力、何気ない仕草の一つ一つも艶やかで、真一が抱いていた、大人の女性のイメージに、靖子はぴったりマッチする。

両親を早くに亡くしたせいか、年上の女性に惹かれることの多い真一が、一目惚れしてしまったのは無理からぬ話だ。

「靖子さんは大人だから、無駄に派手な下着は選ばないよな……色も、ベージュとか黒とか……でも、どんな下着もすごくよく似合うだろうな……あぁ」

そんな姉とは好対照なのが未佳子だ。開放的で陽気な彼女がいなければ、間違いなく真一は、ここに居候はできなかったはずだ。

三十五歳のバツイチの彼女は、離婚後すぐに職場に復帰し、今はトレーダーとしてバリバリ仕事をしている。この家の購入資金は、未佳子が全部出したのだという。

「未佳子さんは、あの性格なうえにスタイル抜群だからな……間違いなくセクシーなやつを選ぶだろうな……紫のTバックとかすごく似合いそう……あぁ」

いけない妄想に耽っている真一。片方の手はブリーフに刺さり、勃起しきった一物をいじっている。誰かが来たらシャレじゃ済まぬが、なにしろ今の真一は、頭に血がのぼりきっている。

三女の歩美は、今年ぞろ目の三十三、姉妹の中で一番胸が大きい。食卓で、おっぱいがテーブルに乗っかっているのは、四人の中で歩美だけだ。

「あれを見た時は、目が離せなくなって参ったよ……あんな綺麗で巨乳の女性が図書館で働いていたら、読書どころじゃなくなっちゃうな……」

派手ではないが目を引く美貌も、司書にはかなりもったいない歩美は、しかし性格は少し難しい。男嫌いみたいだ。真一はまだ、きちんと話もしていない。

「そういう女性は、下着とかには凝らないだろうから……いや、案外すけすけのとか選んでるかも……お堅い仕事とのギャップが素敵だ……あぁ」

テーブルに、ずっしり重たげに乗った乳房が、黒いレースのブラに包まれている様を想像して、目を閉じたまま真一は、だらしのない笑顔を浮かべる。今、ここに誰かが入ってきたら……。

四女の麻紀だけが、まだ学生だ。三十歳になった今も、大学院に残って、その身を研究に捧げている。

そして処女。これを偶然知った時、真一は不覚にも一瞬で勃起してしまった。それほど驚いた。

「まさかまだ処女とは……でも、すごく素敵だよ……三十路の処女……あぁ」

その二つの肩書きのせいか、世間ずれした雰囲気が皆無の麻紀は、可憐な美貌と肢体も相まって、修道女のような清らかな魅力を漂わせている。

「この前は、薄紫の下着だったたっけ……真っ白な肌によく映えてたっけ……お姉さんたちよりもスレンダーだから、シンプルなのが似合いそうだな……あぁ」

四姉妹の下着姿を妄想しながら、真一の手があわただしくなる。二週間分の若さが股間にどんどん熱くたぎりはじめ、真一の手も、ますますいけない運動に励む。

「や、やめなくちゃダメだ！　これじゃ正真正銘の変態じゃないか！」

限界ぎりぎりのところで我に返った。かなりの意志力を発揮して、洗濯槽と股間から手を抜いた。下着泥棒の気持ちが、ほんのちょっぴりだけわかった気がした。

とはいえ、最後の一線を超えずに済んだ安堵のあまり、思わずその場にしゃがみこんだ。まだ、ぱつんぱつんに膨らんでいる股間を見下ろし、忌々しげに溜め息をつく。

「このまま居候生活がつづいたら、欲求不満でどうにかなっちゃいそうだ……洗濯まで引き受けたのは、やっぱり間違いだったな。少しでも役に立てればって思っただけなんだけど……それだけだよな？……たぶん……きっと……」

真一はまた、大きく溜め息をついた。邪念と誠意はきっと半々だ。

素敵な四姉妹との生活は、その素敵さの分だけ、真一に我慢と辛抱を要求してくる。自分で選んだこととはいえ、その選択を真一は今、ちょっぴり後悔しつつあった。


真一の、居候としてのここまでの道のりも、決して平坦ではなかった。

居候第一日目は、朝一番に叩き起こされてはじまった。

「うわっ！　な、なんだ⁉　真っ暗になったぞ」

いきなり毛布をはがされて跳ね起きた真一は、顔を布で覆われてますますあわてる。

「なにバカなこと言ってるのよ。ここは日本で、あなたは私たちの家にいるの」

「あ、み、未佳子さん……それに靖子さんも……おはようございます」

視界を遮っていた布をようやく取り去り、二人に気づいて頭を下げる。布の正体は真一のTシャツだった。未佳子が投げたに決まっている。

「さ、わかったら起きて。昨日も言ったと思うけど、まだ引っ越しが終わっていないの。つまり、居候さんの出番ってこと」

「帰国したばかりで疲れているのにごめんなさいね？　私は止めたんだけどきかなくて……ねぇ、やっぱり休ませてあげましょうよ。叔父様たちのことだってあるし」

真一を見て、気の毒そうに靖子が言ったが、未佳子は首を横に振る。

「だめだめ。ソファとかの場所が決まらなくちゃ他に手をつけられないじゃない。歩美と麻紀も男手が欲しいって言ってたしさ。叔父様たちのことは、後で私が不動産屋さんに連絡しておいてあげる。書類を調べればすぐにわかるわ……ズボンはこれでいい？　靴下は……あったあった」

勝手に真一のカバンを探って、着替えを投げてよこす未佳子を見て、ますます靖子が不満げに頬を膨らませる。

「真一さん、本当にそれでいいのですか？　無理なさっているのでしょう？」

靖子が訊いた。その、気持ちのこもった眼差しだけで、真一はもう充分だった。

「無理なんてしてません。もともと、みなさんのお手伝いをするつもりでしたし」

「じゃ、これで決まりね。下で待ってるから早く着替えてきてね？」

屈託のない笑顔で言うと、未佳子は部屋を出て行った。スキニージーンズに包まれた尻が揺れ、今にも布を破きそうだった。気を遣わせてしまってごめんなさいね？……と、申し訳なさそうに呟きながら靖子も後につづく。ジャージの上下の後ろ姿は、未佳子ほどの色気はないが、お尻のボリュームはこちらが上だ。

投げつけられたシャツとズボンを身に着け、ほどなく真一も部屋を後にした。

一階に下りたところで、歩美と麻紀に出くわした。二人でドレッサーを運んでいるが、足がふらふらしていて危なっかしいことこのうえない。

「あ、お手伝いします。三女の歩美さんと、四女の麻紀さんですね？　僕、今日からこの家に居候させてもらう秋山真一です。もう会ってますけど、あらためてよろしくお願いします」

二人に近づき、ドレッサーの傾いた側を摑んで真一は言った。レオタードと薄紫の下着姿の二人を、嫌でも思い出してしまうが、そこは社会人の真一であるから、できるだけ他意のない笑顔を作ろうと頑張った。

かなり上手くいった……と、真一が安堵したのは一瞬だった。

「あ、危なっ！」

歩美と麻紀が、合図もしないでドレッサーから手を離し、危ういところで真一は足を潰されるところだった。

歩美が真一をじっと見つめた。整った美貌は言わずもがな、澄んだ瞳の美しさも上の二人譲りだ。

しかし、口調はまったく違っていた。

「頼んでもいないことをしないでください。こ、断っておきますけど、ああいう格好をしてたからって、私たちを軽い女だと思わないでください。大いに心外です」

「え？　ぼ、僕、そんなつもりでお手伝いしようとしたわけじゃ……」

さすがにちょっぴりむっとした真一を遮り、歩美は取りつく島もない様子で、冷たく言葉を重ねてくる。

「無論、誘惑行為その他も一切お断りします。そういう気配を察したら、すぐに警察を呼びますのでそのつもりで……ほら、麻紀も言いなよ。練習したでしょっ」

横から肘で突かれて、末妹の麻紀が泣きそうな顔になった。姉と真一を交互に見た。真一に向かって口を開きかけて、すがるようにまた歩美を見る。

「わ、私やっぱり無理だよ。そんな失礼なことを、知らない人に言うなんて……」

「あ、麻紀ったら、あんなに約束したのに、もう裏切るつもりなの？　お邪魔虫追い出し作戦は、私ひとりじゃできないんだからねっ」

「それは手伝うけど……でも、追い出すかどうかは、この方の素性を観察してからでも遅くないんじゃない？」

二人のやり取りを、あっけに取られて見ている真一を、じろり……と、歩美は一瞥すると、諭すように麻紀に言う。

「でも、犯されてからじゃ遅いのよ。いいの？　せっかく三十年も守ってきた処女を、どこの馬の骨とも知れない男に奪われてしまっても」

歩美に言われて、麻紀の顔が、みるみる真っ赤に染まっていく。真一の顔色が変わっていることに気づくと、恨みがましい表情になって歩美を睨みつけた。

「もう！　歩美姉さんのばかばかばか！　そんなことを知らない人の前で言う必要ないでしょ！　あぁぁん！　もう知らない！」

羞恥のあまり麻紀が駆け出した。無理もない。

「あ、麻紀ったら待って！　もう、つい口が滑っただけでしょっ。処女のなにがいけないのよ！　処女だっていいじゃない！　純潔の三十歳って素晴らしいわ！」

「あぁぁん！　連呼しないで！　ばかばか！　自分だって縁遠いくせに！　行き遅れのくせに！　図書館の本だけが恋人のくせに！」

「あ、い、言ったわね！　待って、待ちなさい！　だけってなによ！　だけって！」

もはや真一など眼中にない様子で、麻紀と歩美が姿を消した。

そんな二人を呆然と見送っている真一が受けた衝撃はなかなかのものだ。

「しょ、しょじょ……麻紀さんって……そうなのか……す、素敵過ぎる……」

歳に似合わぬ麻紀の少女っぽさも、これでようやく納得がいった。その割には、昨日の下着姿が立派な三十路の女だったのが、なんともアンバランスでそそる。

もちろん歩美も、地味な仕事にはもったいないほどの美貌と、艶やかな曲線の持ち主だ。つまりは小和田家の四姉妹は、みんながみんな魅力的、こんな素敵な女性たちと、これから生活するのかと思って、真一はつい、満足げな溜め息をついてしまった。

だがそれを、未佳子が勘違いする。さっきから横で、真一たち三人のやり取りを黙って見ていたのだ。

「まだ若いのに、真一くんは処女が好きなの？　ふ〜ん、ちょっと意外だわ」

いきなり言われてわけがわからず、すぐに気づいた真一は、顔色を変えて否定する。

「え？　あ、いや！　そんなことありません！　今の溜め息はそういう意味じゃなくって……いや、処女は確かに素敵ですけど……あ、僕はなに言ってるんだ！　と、とにかく、素敵な方は、どんなに経験豊富でも、素敵なのには変わりませんから！」

だが、狼狽し、言い繕う真一の態度が、かえって未佳子の気に障る。

「あら、ずいぶん取ってつけたような言い方ね？　処女好きの真一くんのことだから、未亡人とバツイチをバカにしてるんでしょうね？　はいはい、どうせ私と姉さんは、乗りまくられた中古車です。処女だったのは遠い昔ですよおだ」

「そ、そんな、中古車だなんて、僕、一言も言ってないのに……」

後悔するも時すでに遅く、未佳子はもう、真一の言うことになど耳を貸さない。

「はいこれ、あっちに運んで。それが終わったら次はドレッサーをお願い。その次はテレビね。四つあるからそれぞれの部屋にね。その後はダイニングテーブルとイス、それから冷蔵庫と……そうそう、キャビネットもあったわね。これは私のだから二階にお願い。経験豊富なおばさんの荷物じゃご不満でしょうけどっ」

意趣返しとばかりに、次々用事を言いつけると、思い切り舌を出したのが最後、振り向きもせずに、未佳子はその場を去って行ってしまった。

「未佳子さんまでそんな……僕の言い分も聞かないでひどいよ……勘違いなのに」

途方に暮れている真一を見かねて、靖子が側に寄ってきた。

「……重ね重ねごめんなさいね？　でも、わかってあげて。みんな悪い子じゃないの。真一さんが素敵だから、ついムキになってしまってるだけなのよ。許してあげて」

うなだれる真一の顔を覗きこみ、慰めるように言葉をかける。おまけに手まで握ってくれるその優しさは、いかにも未亡人らしい気遣いで、真一の機嫌は一瞬で直ってしまう。

「素敵だなんてそんな……参るな……靖子さんって、お綺麗なのにお世辞も上手いんですね……素敵だって……あぁ、この家に戻ってきてよかったな……こういうのをモテ期って言うんですかね？……参ったな……むふ。むふふ」

つい調子に乗ってヤニ下がり、だらしのない笑みを浮かべる真一を見て、今度は靖子が表情を曇らせていく。

「そういう顔をするから勘違いされちゃうのよ。悪いのは、確かにあの子たちの方だけど、あなたも少しは反省なさい。あぁ、本当にいやらしい顔だわっ」

握っていた真一の手を靖子は離した。ついで手の甲を思い切りつねる。

「痛い！　あ、靖子さんごめんなさい！　靖子さんに褒められて、つい嬉しくなってしまったんです！　別にいい気になんかなってませんよ！　信じてください！」

遠ざかっていく長女の背中に、情けない声で訴えるも無駄で、真一はやがて、懐かしい我が家の居間に、独りぼっちで取り残された。

「……誤解だって言ってるのに……そりゃ、確かにちょっぴりは、調子に乗ってたかもしれないけどさ……あぁ、それにしてもどうすればいいんだ？　この荷物」

周りを見回し溜め息を一つ。階段の前には、さっき歩美と麻紀が倒したドレッサーが、真一に抗議するみたいに長くなっている。

その後の引っ越し作業は、そのほとんどを真一がやる羽目になったのは言うまでもないだろう。四姉妹全員が機嫌を直してくれるまでには、さらに三日が必要だった。

どうにか家の中が片づくと、むしろ真一は忙しくなった。

掃除洗濯食事の準備、庭の水やりゴミ出しに買い物、果ては姉妹の肩揉みまでが、居候たる真一の役目になった。

なにもそこまでしなくても、遠慮なくここにいていいのよ?……と、靖子は言ってくれたけれど、真一は進んで引き受けることにした。

理由はどうあれ、居候なのは確かだし、他人の家で、なにもしないでふんぞり返っていられるほど、真一は図太くはない。それに、少しでもきっかけを作って、まだ距離のある歩美や麻紀と、仲良くしたい気持ちもあった。無論、靖子と未佳子の二人とも、もっとお近づきになりたい。

早いもので、四姉妹との共同生活も、すでに半月になろうとしている。ここまでの努力と献身の甲斐もあって、真一の立場も、居候から同居人へと格上げされつつある。

おかげでこの頃は、靖子の表情や物腰が、前よりいっそう優しくなった。歩美や麻紀も、口調が親しげになった気がする。

変わってないのは未佳子だけで、初対面の印象そのままに、屈託なく真一と接してくれる。わざとなのか、根っからの無防備なのか、風呂あがりや着替えなどで、真一に肌を見せることも珍しくない。真一はもちろん嬉しい。でも、他の三人の手前、じろじろ見ないようにしている。あんまり上手くはいかないけれど。

叔父夫婦の行き先も、さいわいほどなくはっきりした。やはり真一の予想通りで、引っ越しを告げる手紙の不着が、今回の騒動の原因だった。横文字に不慣れなせいで、間違った住所を書いてしまったらしい。叔父夫婦はメイルはやらない。

老夫婦には広すぎる家を手放した二人は、ここから程近いマンションに落ち着いている。消息をつかんだ真一が、すぐに会いに行ったのは言うまでもない。

「これからは親孝行しなくちゃ。今までの分も……」

十年ぶりに再会した叔父夫婦の、すっかり白くなった髪や皺の増えた顔を思って、真一の表情に翳がさす。あの時ほど、自分の親不孝を反省したことはなかった。

「早く結婚して、孫の顔とかも見せてあげるべきなんだろうな……って、相手がいないか……いや、いないこともない、んだけど……」

四人姉妹の美貌が、脳裏に浮かんでは消える。最後に残ったのはもちろん靖子だ。

この半月の間に、ますます靖子が好きになっている。

未亡人という肩書きがそうさせるのか、あれほどの魅力と美貌にもかかわらず、どこかで靖子はしあわせになるのを諦めているみたいで、そういう彼女の儚げな感じが真一を惹きつけてやまない。

「靖子さんみたいな大人の女性をお嫁さんにすれば、叔父さんたちも喜んでくれるんだろうけど……」

肝心の靖子の気持ちは、真一はもちろん知らない。きっと真一の気持ちにさえ気づいていないことだろう。

「気づいてもらうどころか、年中怒らせてばかりだもんな……」

なにしろ他の三人も、素敵なことでは靖子にまったく負けていないから、真一は年中目移りがしている。この調子では、靖子に好かれるどころの話じゃない。

靖子への気持ちが本当なだけに、真一の自己嫌悪は小さくない。いっそのこと、この家を出ればいいのだけれど、その決心もなかなかつかない。靖子はもちろん、他の三人とも離れたくないからで、そんな自分に、ますます真一は腹が立ってくる。

「おまけに、こっそり下着に触ってドキドキしてるようじゃな……あぁ、自分で自分が情けないよ……」

「なににドキドキしてるって？」

背後に響いた未佳子の声が、真一の意識を現実に戻した。

「そんなところにしゃがみこんでどうしたの？　お腹でも痛いの？」

振り向くと、ドアにもたれて笑っている未佳子と目が合った。起きたばかりなのは一目でわかった。そして、落ち着いていた真一のち×ぽが、また一瞬で硬くなった。

「あ、みか、未佳子さん……おはよう……ございます……ごくり……」

初めて見た。未佳子のネグリジェ姿を。正確に言えば、こんなセクシーな格好の女性を見るのが初めてだった。

未佳子が着ているネグリジェは、身体を隠す役には、まったく立っていなかった。でも、裸身を引き立たせ、柔肌を魅力的に見せるためには、これ以上ないくらい役に立っている。

未佳子の、肉感溢れる肢体に沿って、透明な黒い布地が踊っている。喪中の貴婦人が顔にかけるヴェールよろしく、黒い透明なネグリジェは、未佳子の白い肌に秘めやかさを与え、艶かしい雰囲気を引き立てている。対照的に剥き出しの、腿の生肌はいっそう際立ち、無性に肉感的に感じられた。

穿いているパンティは真っ赤で、ネグリジェの黒と生肌の白との、絶妙なコントラストも堪らなかった。もちろん股布はすけすけのレース仕立てで、押し花のようになった茂みの狭間に、未佳子の女の花びらが、ぐんにゃり甘くよれている。

上はノーブラ……と、思ったのは真一の浅はかさで、未佳子はブラをしている。ただし、カップもすけすけだったから、ぱっと見では気づかなかっただけだ。ずっしり重たげな、やや下膨れの豊乳は、黒いヴェールに包まれて、その白い柔肌を、いっそう淫靡に色づかせ、堪らないほど魅力を増している。

すでに勃起している乳首は、その鮮やかな桃色を、黒御簾の奥で艶やかに光らせていて、真一の視線を釘づけにしてやまない。

つまりは、今、真一の前に立っている未佳子は、そのすべてが堪らなく魅力的で、視線をどこにやろうとも、真一に溜め息をつかさずにはいないのだ。

(でも、今日はどうして、こんなエロい格好なんだろう? 普段の未佳子さんは、Tシャツにパンティで寝ているはずなのに……ま、それも充分エロいけどさ)

Tシャツの裾からパンティをちらちらと見せながら、真一の前でも屈託なく脚を組む未佳子も、もちろんとっても色っぽいけれど、今日のこの出で立ちは一味違う。言ってみれば、朝からすでに夜の雰囲気。

「なにをぼんやりしているの？……まさかとは思うけど、私たちの下着で変なことしてたんじゃないでしょうねぇ」

悪戯っぽく真一に訊くと、未佳子は物憂げな仕草で、少し寝乱れた髪をかきあげてみせた。つられた乳房が、黒いレースの向こうで、ぷるん……と、悩ましげに揺れる。乳房の周囲の空気が揺れて、谷間から立ちのぼってきた肌の薫りが、真一の鼻腔を刺激する。

「すう……はあ……ふう……あぁ、なんていい薫りなんだろう……あっ！　し、して、してません！　変なことなんか絶対にしてません！」

一瞬遅れて真一が答える。あまりの絶景と薫香に、うっかり我を忘れてしまった。三十路半ばの未佳子の乳房は、若いそれより張りはないけれど、柔らかそうな下弦の丸みは、真一の目を奪うに充分な魅力を湛えている。それに加えてこの薫りだ。

慌てふためく真一を、しばらく黙って未佳子は見ていた。真一の盛りあがった股間を見て、ほんのりと目の縁を赤く染める。

「……そうみたいね。一応は信じてあげるわ」

近づいてきた未佳子を、濃くなった薫りで真一は知った。俯いていた顔をあげる。

同時に――

「でも、ちょっぴりは、していたんじゃないかしら？　だって、こんなになっているんだもの……」

「あうぐ！」

かすれた声で未佳子は囁き、真一の股間に右手でそっと触れたのだった。

2

未佳子が身体を真一に寄せた。薄いネグリジェを通して、三十路の裸身の甘い感じが、真一の鼓動を昂ぶらせていく。

「それとも、私の格好を気に入ってくれたからなの？……これね、この前、ネットショップで見かけて、気に入ったから買ってみたの。あなたに見せるつもりではなかったんだけれど……こういう風になってくれると、女としては嬉しいものね」

すっごく硬くなってるわ……と、呟く未佳子の声は少しかすれていて、真一の気持ちを掻き立てずにはいない。

「あぁ、もち、もちろんです……未佳子さんのその格好、最高に素敵です……うう……でも……や、やめてください……まだ朝です……うう……だめ……そんな」

ズボン越しにち×ぽを握った未佳子の指が、ゆっくり上下に動きはじめたのに合わせて、真一はつい腰を遣ってしまう。一瞬叱られるかと思ったけれど、未佳子は、はん……と、鼻にかかった溜め息をついただけだった。亀頭を握った指先に、きゅ……と、力がこめられた。

「あら、朝にこういうことをしてはいけないの？　誰が決めたの？　せっかくの日曜日なんですもの、リラックスして愉しまなくちゃ損だわ。違うかしら？」

真一の耳元に囁きながら、その汗ばんだうなじにキスをする。ちゅっ、ちゅっ……という、キスのリズムでち×ぽをしごく。ゆったり、しかしねっとり、股間の膨らみに沿って、細くて綺麗な指が上下し、真一の腰を震わせる。

「い、いえ、違いません……あぁ……愉しみたい、です……うう……リラックスも……したひ……すごく……あぁ、どんどん気持ちよくなってくる」

ち×ぽの快感のせいで、脚から力が抜けていく。ふらつき、思わず未佳子の腰に手を回すと、ネグリジェに包まれた裸身がくねり、肌から官能的な薫りがたなびく。

「ふふ、本当に気持ちよさそうな顔しているのね？　よかったわ。もっともっと気持ちよくなってね？　私、うんとサーヴィスしちゃうから……」

真一に身体を預けて、二人で互いを支え合い、未佳子はち×ぽをしごきながら微笑む。ズボンを脱がしはじめても、真一はもう驚きはしない。

「あぁ、でもどうして？　どうして突然こんなことを……うう……あぁダメです、こんなところでち×ぽ出しちゃ……やめて……恥ずかしい」

言葉で照れてみせる真一はしかし、未佳子の動きを妨げない。むしろ手伝うように腰を揺らすから、見る間にち×ぽは剝き出しにされて、天に向かってそそり勃った。

「はん……すっごいんだ」

未佳子は呟き、火照った頰で微笑む。乾いた唇を舐める舌。強烈に色っぽい。

未佳子が真一を握った。

真一を見上げて、濡れた瞳で微笑む。こうして欲しいのよね？……と、目で話しかけながら、ゆっくり右手を動かしはじめた。

一瞬に快感が倍になった。

「あぁ、未佳子さんがこんな……僕を……こんなことって……夢みたいだ……」

五倍、十倍、二十倍……と、未佳子のしごく手指に合わせて、ち×ぽがどんどんよくなってきて、真一は、母に甘える子のように、未佳子の腰にしがみつく。

「最近、私ちょっぴり反省しているの。真一くんに世話になっているばかりで、全然お礼もしてなかったなあって……だからこうして、ちょっぴり勇気を出したってわけなの……今日まで色々ありがとう。これからも仲良くしてね？」

そんな真一をあやすように未佳子はしごいている。緩やかに蠢く指先。

「お、お礼なんてそんな……居候させてもらっているし……うう……当たり前」

でも、そこは三十路半ばの女性、戯れのような愛戯でも、男の快感ポイントを的確に刺激しているから、真一はどんどんよくなるばかりだ。

「当たり前なんかじゃないわ。お家賃だって払ってくれているのでしょう？　姉さんに聞いたわ」

「払ったって言っても先月分だけ……それも、靖子さんが日割りでいいって言ってくれたから二万ちょっとしか……あう……い、今の指、すごくいいですぅ」

「金額の問題じゃないの。そういう気遣いが嬉しいって言ってるのよ。あん、真一くんがますます素敵になって……」

かすれた声で囁くと、真一の頬にキスをしてから未佳子は俯き、すぼめた朱唇の先端に、唾液の滴を溜めていく。その下には、もちろん真一のち×ぽがある。

「み、未佳子さん？　なにをするつもり……あ、つ、唾が……あ、あぁ……ひぐ！」

目が落ちそうに見開いて、未佳子の甘露の行方を追っていた真一は、ち×ぽに生ぬるいぬめりを感じた瞬間、大きく腰を痙攣させた。

「ん？　もうダメになりそう？　お射精しちゃいそうなのね？　このがちがちに硬くなったおペニスの先から、気持ちいい白いお汁を出したくなってるのね？」

濡れた瞳で微笑みながら、未佳子は激しくしごいている。ち×ぽは未佳子の唾でぬめっている。そこになおさら滴を垂らし、いっそうぬめらせしごいているから、真一はもう快感の虜、高まる射精感と戦っている。

「あぁ！　そ、そんな風に言わないでくださいっ！　いやらしい言葉を聞くとますます……ひい！　うぐ！……あぁ、しこしこがますます……ぐ……唾も……ぬめる」

「んもう、嫌がっている割には、どんどん勃たせているじゃない……お勃起イキたい？　どぴゅって出したい？　私の手ま×こで、あなたのデカマラをうんとしごかせて、思い切りザーメンをぶちまけたいのでしょう？　いやらしい子……じゅる」

真一を煽るように、わざと卑猥でお下劣な言葉を使っている未佳子も、自分のセリフに興奮している。頬はもちろん、乳肌まで朱に染め、谷間を汗で濡らしながら、射精直前の勃起をしごく。

日曜の朝の洗面所で、真一が未佳子に翻弄されている。窓から射しこむ陽光が、勃起し、唾と我慢汁で濡れたち×ぽを、恥ずかしげもなく照らしている。

やがて真一が限界を迎える。

「ああもう出まするう！　んひぃ！　うぐう！」

今際の際に鋭く叫ぶや、真一の先から精が噴き出た。しごき下がった未佳子の手から、にょきっ！……と、勢いあまって飛び出た亀頭が、びゅるううっ……と、ほとんど塊のまま精液を打ち出す。三メートルは飛んだ。

「あぁぁん！　すごいお射精！　もっと出してみせて……もっとよ」

真一にねだる未佳子の声は興奮にかすれている。ち×ぽの脈動に合わせてしごいていたが、やがてあろうことか、その迸りの前に美貌を捧げ、大きく口を開いたのだった。

「あぁそんな！　まだ出てるのになんてことを……ひぐう！　ど、どいてください……あう！……よけて……ううっ……」

射精は途中で止められない。

「あん……」

迸る若い欲汁を、まともに浴びて未佳子がうめいた。でも、その場から動こうとはしない。ち×ぽの前で、軽く美貌を仰向かせ、おまけに口を大きく開いて、放たれる汁を受け止めていく。

「あ、あぁそんな……未佳子さんに……かけてる……僕……精液を……が、顔射……

ひい……あう！　す、素敵すぎるぅ！　うぐぅ」

真一の感極まった声を聞いて、精液まみれの未佳子が微笑む。すけすけの黒のネグリジェも、今は胸元が精液で濡れて、乳房の丸みを浮き彫りにしている。

「いやらしいおばさんでごめんね？　あんまり素敵なお射精だから、受け止めてあげたくなってしまったの……んぐ……ごくり……濃いわ」

今なお逸る真一を、未佳子は両手で握りしめ、しごき、噴き出る汁で美貌を濡らす。白い飛沫が、火照った頬を切なくぬめらせ、それを未佳子が舌で拭う。開いた朱唇に汁が飛び、舌がみるみる溺れていく。

「あぁ未佳子さんごめんなさい……うう……こ、こんなに出してしまって……初めてなのに……あぁ、綺麗な顔が、僕のザーメンでどろどろ……うう」

「謝らないで……好きでしたことよ……だからつづけて……あなたが満足するまで……私を精液で溺れさせて……ごくん……んはあ……ねろん……はふう……」

精液まみれの美貌で未佳子が微笑む。

せっかくの素敵な笑顔を、しかし真一は目を閉じて見ない。

そうでもしないと、射精を止められそうにない。

3

長い射精だった気がする。

実際はきっと、いつもと同じくらいだったのだろう。でも、勢いと量と快感は、間違いなくこれまでで最高、気が遠くなるほどの射精など、今まで真一はしたことがなかった。

「あふん……ねろん……くちゅ……じゅぼじゅび……ぢゅる」

未佳子が真一をしゃぶっている。射精のやんだ屹立は、そのまま未佳子の口腔に迎えられ、生温かいぬめりの中で、ねっとり甘く溺れている。ち×ぽを舐め慈しむ舌が、口腔でくぐもった音を立て、白くて細い未佳子の喉が、拭ったぬめりを嚥下する。

「ふふ、これくらいのお礼じゃ足りません、って、おち×ぽが言っているみたい」

ぬらあ……と、ち×ぽを美唇から抜き出して未佳子が微笑んだ。

「ほら、こんなにかちんかちん……舌が弾かれちゃいそうだわ……ぬとお」

真一を斜めに見上げながら、ち×ぽの茎に沿って舌をぬめらせる。舌と頬がち×ぽに擦れて、美貌が新たなぬめりに輝く。

「く……ひ……い、意地汚くてすみません……でも気持ちよ過ぎて……あう」

「謝らないで。好きでしているんだもの。でも、勘違いしないでね。私、お礼の気持ちだけでこんなことをしているんじゃないのよ？」

私の気持ち、わかってくれているかしら？……と、ち×ぽにキスをしながら訊く未佳子の頬は赤く染まっている。見上げる瞳は少女のようで、ち×ぽにぬめる舌先と、あまりにミスマッチでむしろ妖艶だった。

「あぁ……光栄です……でも、いきなりそんなこと言われても……とっても嬉しいですけど……なんてご返事していいのかわかりません……うう」

未佳子にち×ぽを預けながらも、真一は一応遠慮してみせる。がっついていると思われたくなかった。

そのくせ心は決まっている。

未佳子としたい。おま×こに入れたい。

大量射精したばかりとはいえ、真一はまだ逸りきっている。ましてや目の前には、放ちたての精液で美貌をぬめらせている未佳子が微笑んでいるのだ。このまま終わりにしたら一生後悔するに決まっている。

でも、ここで欲望に身をまかせてしまっても、きっと真一は後悔する。

（靖子さん……）

脳裏に浮かんだ愛しい女性の名を真一は呟く。靖子は真一の気持ちをもちろん知らない。告白したとしても、受け入れてくれる確証もない。

「ごくり……」

だからつい、真一は生唾を呑みこんでしまう。靖子への気持ちに偽りはない。でも、目の前の淫らに濡れた未佳子の美貌と肢体は、あまりに魅力的過ぎる。

「あぁ、いったい僕はどうすればいいんだろう?……あぁ……あぁ……」

我知らずち×ぽをしごきながら惑う真一は、四十にはまだ遥かに遠い未熟者だ。それに、ますます弾けそうになっている。

純愛と欲望の狭間にたゆたう真一に、未佳子が優しく身を寄せてきた。

「もうなにも考えないで、気持ちを楽になさい。そして今度は、私にも感じさせて欲しいわ。男らしくなった真一くんを……私が言いたいこと、もちろんわかるわよね?」

汗ばんだ肌で真一に密着し、その耳元に甘く囁く。もちろんち×ぽを握りしめ、おねだりするみたいにしごいている。

(そ、そうだよ、未佳子さんにさせてばかりじゃ申し訳ないじゃないか。ぼ、僕だって少しはしてあげなくちゃ……)

都合のいい言い訳に、一も二もなく真一は飛びついた。そうすると現金なもので、ち×ぽの感度もいっそう増した。

「あぁ、未佳子さん、僕、あなたが欲しいです……僕のち×ぽを、未佳子さんのま×こに入れたいんです……あぁ……ち×ぽ熱いよ……」

未佳子のしごくリズムに合わせて、真一はとうとう腰を振りはじめてしまう。快感が倍になる。昂ぶりにまかせて、ネグリジェの中に手を入れる。触れた乳房は汗ばみ、乳首がじっとり濡れていた。

「だったら、なにをぐずぐずしているのかしら？　こんなにおち×ぽを硬くしているくせに……いいかげん私だって焦れちゃう……あん、いい歳をした女に、こんな恥ずかしいことまで言わせるなんていけない子ね？……」

乳首をいじられ、息を弾ませながら、ばか……と、恥ずかしそうに呟くと、未佳子は自ら動きはじめる。

「もうこうなったら、徹底的に恥をかいちゃうんだから……」

真一を潤んだ瞳で見つめながら、ネグリジェを肩から落とし全裸になる。向かい合い、軽く脚を開くと、握ったち×ぽを、己が股間に擦りつけていく。

「こうすると、どう？……今の私が……くふん……わかるかしら？……おち×ぽで……ひふ……感じてくれるかな？……あぁ、あなたもどんどん熱くなってるわ」

女の粘膜の歓びにむせびながら、真一の耳に未佳子が囁く。あえぎながら、握った真一の先っぽを、未佳子は自分の入口に触れさせ、上下にゆったり掃くように動かす。二人の昂ぶった粘膜が擦れて、くちゃ……ぬちゅ……みちゃ……と、互いを求めるような粘音を響かせ、真一の喉が変な音を立てた。

「わ、わかりまふ……く！……さ、先っぽが……ぐ……さ、触って……あ、いまぬちょってした……ひ……うう！……ま×こ……感じる……あぁもう出そう」

向かい合っている未佳子の腰を抱き、真一は小刻みに突きあげてしまう。緩んだ花びらが、いとも容易くほころんで、亀頭が浅く淫園に刺さり、二人が同時に感嘆する。

「だったら早く入れて。そして、鉄みたいに硬くなったあなたのこれで、私をうんと可愛がって欲しいの……」

「あぁ、僕ももう我慢できませんっ、じんじんしてるんです！」

興奮の極みに達した真一は、おま×こに入れますうっ……と、一声叫ぶや、未佳子に夢中で突きあげていく。

かろうじてエラを見せていた亀頭が、ぬちょっ……と、微かな淫音を立てたのもつかの間、そのまま茎が、じゅぶ、じゅぶじゅぶ、ずぼぐぢゅう……と、ま×この汁を泡立たせながら、膣の奥へと見えなくなる。

「あぁ……ま×こが……未佳子さんの……ま×こ……ま×こ……ま、ん、こ……」

みるみる膣の快感に包まれていくち×ぽが、真一から言葉を奪っていく。そのくせ腰は勝手に動いて、ち×ぽの先から根元へと、ま×このぬめりを求めてしまう。

「あぁどうしよう、入れれば入れるほど……うぐ……よくなってく……あぁ、ぬめります……ま×こ……すごく気持ちいい……ひ……うう……すごい……すごいよ」

未佳子の裸身を壁に押しつけ、真一が、激しく若い抜き刺しをする。未佳子はすでに爪先立ちで、真一の首にしがみついて、かろうじてその身を支えている。

「あ……ひ！……く！……は、はげっ……はげしひ！　あう！　あぁどうしよう、ま×こもうイキそうだよ？　真一くんが素敵過ぎて私……ひいん！」

一際大きく突きあげられて、堪らず未佳子が絶頂する。表情がみるみる甘くなっていく。裸身が汗ばみ、真一に密着している乳房から、激しい鼓動が伝わってくる。

「あぁ、み、未佳子さんがイってる……僕のち×ぽで……あぁ、未佳子さんのアクメ顔、とっても色っぽいです……すごく素敵です……うう……ま×こ締まる」

未佳子のイキ顔がもっと見たくて、歯を食いしばって真一が突く。アクメしているま×この甘さは尋常ではない。濡膣襞が、ち×ぽを舐め回すようにまとわりつき、先っぽから根元までを、くまなく快感に包みこんでいく。

「あぁ、僕、本当に未佳子さんとセックスしてるんですね……こんなに気持ちよくて、こんなにエロくなってる僕らを見てもまだ信じられません」

「私だってそうだわ……でもさ、私たちがこういうことをしてるって、他の三人が知ったらどう思うかしらね？　驚くのは間違いないわね……怒る人もいるかも」

かすれた声で未佳子が呟き、真一を見上げて微笑んだ。無論、挿入の興奮と快感のせいで、その裸身は汗にじっとり濡れている。勃起しきった乳首の先から、汗の滴が垂れるのが可憐だ。

「あぁ、それは言わないでください。そうでなくても、さっきから気になって仕方ないのに……うう……ま×こ締めちゃダメです……ますます声が出ちゃう」

いつの間にか閉じられたドアの向こうに、時おり目をやりながら真一がうめく。濡れたま×この熱い感じが、こっそり蜜戯に耽っていることを実感させてくれる。

興奮する。でも、後ろめたくもある。

(とうとう未佳子さんの魅力に負けてしまった……こんなに美人だから仕方ないけど……それでもやっぱり……あぁ、靖子さん……ごめんなさい)

思わず謝罪の言葉を口にするも、ち×ぽの快感は増すばかりだった。片想いとはいえ、ますます申し訳ない気持ちになる。

そんな真一の気持ちが伝わったのか――

「心配しなくても平気よ。二階のお姉ちゃんまでは聞こえやしないわ」

ずばりと未佳子に指摘され、真一の顔色が変わる。

「ど、どうしてそれを？……あ、い、いや、別にそういうわけじゃなくて……僕は居候ですから……みなさんとは仲良くしてもらいたいなあって……」

強張った顔を意識しながら、急いで真一は言葉を濁した。無論、遅すぎた。

「……あの……なんて言っていいのか……とにかくごめんなさい……」

汗ばんだ未佳子の乳房を握りしめ、ち×ぽをま×こに入れたまま、表情だけは殊勝になった真一が謝る。靖子を想いながらしているわけではないけれど、未佳子に申し訳ないのも確かだった。

でも、当の未佳子はどこ吹く風で、真一ににっこり微笑んでくれる。

「謝る必要はないのよ。だって、わかってしていることだもの。私は真一くんが好きだし、あなただって私のこと、別に嫌いじゃないんでしょう？」

緩やかに腰を蠢かしながら未佳子が訊いた。その美貌は艶っぽく汗ばみ、行為に息は弾んでいる。ぷるぷる揺れる乳首は、乳輪もろとも勃起している。こんな素敵な女性を、嫌いになれる男など、世界のどこにもいるわけがない。

「も、もちろんです！　嫌いどころか大好きです！……あ、また勝手なこと言っちゃった……とにかく僕、未佳子さんのことも、靖子さんと同じくらい好きですから！」

なおさらち×ぽを硬くさせながら言う真一を感じて、未佳子は満足げな笑みを浮かべる。顔を近づけキスをして、真一の腰に手をやった。

「だったら、今は私に集中して。私を恋人と思って、うんと気持ちよくなって欲しいな。できるわよね？　姉さんだと思ってずぼずぼしてもいいのよ？」

こんな格好はどうかしら？……と、未佳子は真一に貫かれたまま、ゆっくり片脚をあげていく。真一の腰に手をやっているとはいえ、見事なバランス感覚だ。

「あぁ……ま、ま×こ、丸見え……すごく綺麗だ……素敵ですぅ」

俯き、あからさまになった未佳子を見つめて、思わず真一は溜め息をつく。

たっぷり射しこむ朝日が、茂みの毛先の一本はもとより、二人のぬめる粘膜の仔細も、あますことなく照らしている。真っ白い内腿肌の奥にある、くすんだ桜色をした女性器と、そこにぶっさり突き刺さっている、粘汁まみれの勃起の様は、二人が交わっているという事実を、今さらのように真一に実感させてくれる。

「綺麗って本当？　だったらもっと可愛がって。あなたのおっきなおち×ぽで、私のま×こを激しく愛して。欲しくて堪らなくなっているのよ？……」

あまりの淫らな美しさに、動くのを忘れた真一を、未佳子は自らま×こを開いて誘う。茎に張りついていた花びらが、ぬちょ……と、淫靡な音を立てて緩むと、ねっとり濡れた膣粘膜が、ち×ぽとの隙間に顔をのぞかす。

「あぁ、ま、ま×こめっちゃいやらしいですう！」

あまりの卑猥さに泣きそうな顔になった真一が、たまらず腰を突きあげはじめた。

あげられた未佳子の脚もろとも、その裸身を抱えると、一つになっている部分を見ながら、爪先立ちになるほどに激しく責めたてる。

「あんっ……き、急にそんなに激しくしたら危ない……ひい！　あぐ！　んぐぅ」

膣底を貫かんばかりの真一の突きに、堪らず未佳子は絶句、片脚立ちで晒されたま×こが、亀頭のエラに膣襞を掻き出されるたびに、ぬちゃっ、ぐぢょっ、くちゅっ……と、淫音とともに恥汁を漏らす。

「ま、ま×こがすごく恥ずかしくなってる……ひい！……真一くんが激しすぎるから……うぐう！……年増をいいようにするなんて生意気よ……あぁ奥に刺さるぅ」

自分から誘ったくせに、早くもち×ぽに翻弄されて、未佳子が悔しげに唇を噛む。

もちろんその間も達しているから、度重なる歓びに朱が差した美貌は、色っぽいことこのうえない。

真一ともう余裕などない。

「未佳子さんのおま×こだって、すごくねっとりして……ぐ……ぼ、僕のち×ぽのそこら中にぬめるから……ひ……もう出したい……出ちゃいそう……出ます……あ」

鋼鉄になった屹立を、夢中でま×こに突きこみながら、未佳子を見つめて限界を告げる。腰がどんどん忙しなくなり、ち×ぽが勝手にいこうとしているみたいだ。

元人妻の未佳子である。男の限界は心得ている。

「あぁん、ますますおち×ぽが硬くなったわ！　いいわ！　もう我慢しないで！　お射精して！　私のおま×こで……ひぐ……お、思い切り気持ちよくなってぇ」

「あぁ！　み、未佳子さん！　僕、イク！」

未佳子の許しを得ると同時に真一が放つ。イク寸前にち×ぽを抜いて、ほとんど同時に噴き出た精液に、びゅるうん！……と、太く長い白糸を引かせる。

「あん、膣でイってくれてもよかったのに」

「初めてなのに、そんな大それたことできません……あぁ、でも、ごめんなさい……かえって大変なことになってしまいました……うう……ぐう……くふ」

謝罪しながら真一は、未佳子めがけて射精する。ち×ぽをしごきまくっている。

立位で放たれた歓喜の印は、白い打ちあげ花火のように、未佳子めがけて舞いあがり、汗ばんだ肌を濡らしていく。ち×ぽの前の茂みやおへそは無論、乳房や顎にまで、勢いあまった真一が飛び、ねっとり筋を引いている。

「ふふ、本当に大変なことになってるわね……すごいわ、どくどく出てる……」

ここまで来たわよ?……と、白い滴に濡れた己が鼻先を、仰向いて真一に見せると、垂れてきたのを舌で受け止め艶然と微笑む。傍若無人な真一の射精を、咎めるどころか愉しげに見つめ、自らを白汁の雨に晒している。

「あぁ、精液まみれの未佳子さんを見てると……止まりません……最高に素敵」

「あん、変な褒め方ね。喜んでいいのかしら? それにしても元気なお射精だこと……この調子じゃ、ぜんぜん出し足りないんじゃなくて?」

ぴゅっ、ぴゅる……と、未だに未練がましく出しているち×ぽを未佳子は握った。

「ほら、今度は、きちんとここにいらっしゃい」

なだめるようにしごきながら、未佳子がち×ぽを、ゆっくり股間に近づけていく。浅く刺さった亀頭が、まるで吸いこまれるようにま×こに沈んでいく。

「あぁ、未佳子さん……またいいんですね?……く……」

先っぽを、ま×この甘さで包まれて、早くも真一が顔をしかめた。

「もちろんよ。飽きるまで付き合ってあげるわ」

「それじゃ、夜までしても足りません」

「まあ……くす。ふふふ……もう……おばさんをつかまえて……いやな子」

真面目な顔で言った真一を見て、声を出して未佳子が笑った。ゆっくり腰を落としていく。

「あう……」

「く……」

二人が同時に嗚咽し、そのまま愛の行為に耽っていく。

4

春の陽射しで満たされた洗面所は、すっかり空気も温かい。

だから真一の汗はなかなか引かない。タオルで胸を拭って洗濯槽に投げこむ。中にある姉妹の下着も、もう真一の興味を引かない。

最後に放ったのは、未佳子の尻だった。

せっかくだから、今度は膣にちょうだい……と、濡れた瞳で未佳子におねだりされたけれど、その好意だけありがたくいただき、真一はまた、直前で抜いて尻に放った。

壁に手をついた未佳子の、大きく突き出された尻は、見る間に真一の気持ちに塗れた。飛び散る歓喜の白汁が、明るい陽射しを受けて煌めき、これまた真っ白い女性的な丸みに、音を立てて落ちていくのを、快感とともに真一は憶えている。

もちろん真一だって膣に出したかった。でも、こんな場所であわただしく初出ししてしまうほど、未佳子のま×こは安っぽくない。

「次はベッドできちんとしましょうね？……って、未佳子さんも言ってくれたし……あぁ、次が待ち遠しいなあ……」

脱ぎ捨てたブリーフに脚を通している真一の頬は緩みきっている。別れ際に、未佳子が入念に舐め清めてくれたから、シャワーは浴びる必要がない。

「あぁ、でもよかった。誰にも気づかれなくて……二人とも、最後の方はけっこう大きな声出しちゃったから心配してたんだけど……あ、未佳子さん？　なにか忘れ物ですか？」

入口に背を向けてズボンをあげていた真一は、ふたたびドアが開いたのを感じて、振り返りながら言った。

そのまま固まる。

その顔が、みるみる血の気を失っていく。

開いたドアの前に女性が立っている。

靖子だった。もちろん透け透けのネグリジェなど着ていない。

「や……やす……やすこ……さん……お、おは、おはよう……ござい……ます」

しばしの沈黙の後、ようやくこれだけ真一は言った。それきり黙ってしまう。なにか言わなくてはと思うのだけれど、動揺し過ぎて言葉にならない。

日曜の朝の洗面所は、春の陽射しがたっぷり入って、眩しいほどに辺りを照らしている。靖子の足元で、さっきの未佳子との名残の滴が、陽光をきらきら反射させている。もちろん真一は気が気じゃない。穿きかけのズボンは膝のところで止まっている。

でも、どうしようもない。

「あ、ち、ちょうど僕、シャワーを浴びようかなって思って……」

唐突に閃いた言い訳は、我ながら絶妙だと真一は感心した。これならば、半脱げのズボンも怪しまれないはずだが……。

「あ、そう。だったらさっさとお脱ぎなさい」

靖子は冷たい声で言うと、真一のことをじっと見つめた。

「あの……僕、シャワー浴びるんですよ？　裸になりますよ？」

動かぬ靖子に真一は戸惑う。いつもの彼女ならば、一目散に出て行っている。

「わかっているわ。シャワーを浴びるのでしょう？　さ、早くお脱ぎなさい。なんなら手伝ってあげましょうか？」

「うわあ！」

いきなり靖子にブリーフを脱がされ、飛びあがるほど真一は驚く。前を押さえて背中を向けた。逃げ出そうにも、入口は靖子に塞がれている。

「こっちに向きなさい。そして手を前からどけるのよ」

真一は耳を疑った。

「え？」

「人の話はちゃんと聞きなさいっ。おち×ぽを見せなさいって言ってるのよ！」

「す、すみませえんっ！」

あまりの靖子の勢いに負け、反射的に真一は振り返り、剝き出しにした下半身を、彼女の目の前に晒してしまう。

「あ……すみ、すみませんっ」

三度の大量射精でうなだれていたち×ぽが、靖子の眼前で、みるみる完全勃起していく様に、さすがに真一は恐縮する。が、もちろん猛烈に興奮もしている。

「謝らなくていいわ。勃起しなかったら怒ったけど」

「え？……あううっ！」

意外な言葉に表情を変えたのもつかの間、真一の叫び声が洗面所に響いた。

いきなり靖子が真一を咥えたのだった。

「え？　なに？　なんですかこれは？　靖子さん？　靖子……うう……あぁ、唇がぬめって……ひい……やす……こ……うう」

無論、真一の驚きは半端ではない。いきなり入ってきた靖子に、いきなりち×ぽをしゃぶられているのだ。

「ずぶずぶずぶ……んふうん……じゅるう……じゅぼぐぢゅう……」

形のいい唇が、口角から涎をこみあげさせながら、真一を半ば過ぎまで呑みこんでいく。苦しげな鼻息が、真一の茂みをそよがせ、漏れ出る涎が袋を濡らす。あまりの太さに鼻の下が伸びきり、理知的で落ち着いた靖子の美貌を、すっかり台無しにしてしまっている。

でも、とても美しい。そして淫らだった。

「あぁ、靖子さん……おしゃぶり、すごく気持ちいいですう……最高だ」

想いがこみあげ、思わず彼女の頭を真一は抱えた。髪が乱れるのも構わずに握りしめ、気持ちのままに撫でまわす。靖子のシャンプーの薫りがたなびき、真一の嗅覚を欲情させる。

　なぜだか理由はわからぬが、とにもかくにも、靖子がち×ぽをしゃぶってくれている。おしゃぶりの理由はどうあれ、こんなしあわせなことはない。

「あぁ……好きです……靖子さん……大好きなんです……初めて会った時から僕……あなたのことが好きになって……うう……」

　だからつい、告白をしてしまった。なにしろ、いきなりこんなことをしてくれているのだ。靖子も同じ気持ちなのだと、真一が誤解するのは無理からぬ話だ。

　だが、靖子は真一を見もしない。無論、笑顔など欠片も浮かべない。固く目を閉じ、美貌をち×ぽに俯かせ、一心不乱に愛戯をつづける。

「や、靖子さん？　今の、聞こえましたか？　僕はあなたを……うぐう」

　怪訝に思った真一の言葉は最後までつづかぬ。いきなり噛まれた。

「少し黙りなさい。集中できないでしょう？　んちゅう……れろれろ」

　ち×ぽ越しに真一を睨むと、噛んだところを舐めてから、靖子はふたたびフェラチオをはじめた。

「あぁ……うう……気持ちいい……あ、そこ、しみます……ひぃ」

　痛みと快感が、真一のち×ぽにない交ぜになる。なにがなんだかわからない。

「じゅぶっ……ぬぽっ……じゅぽぢゅぴ。くちゃちゅ……んはあ……じゅるう」

悶える真一を無視して、靖子はしゃぶりつづけている。

ち×ぽの形になった唇が、真一の茎にねっとり張りつき、ぬめりながら上下する。とめどなく流れては落ちる涎。茂みや袋はもちろん、内腿まで垂れている。未佳子も顔負けの、大人の甘い口唇で、靖子は真一をしゃぶっている。

「あぁ、こ、擦れて……るう……くふ……ひ……ぬめる……甘い……気持ちいい」

本格的な口ま×この快感に、真一はもうすっかり夢中、靖子の顔の動きに合わせて、腰をゆったり振っている。時おり跪いた靖子を見下ろし、その唇を指で確かめ、満足そうに溜め息をこぼす。

かくも激しく甘い口戯を、仏頂面でしていた靖子も、悶え悦ぶ真一のうめきや叫びを聞いているうちに、だんだん表情が変化してくる。

「ぬぽっ、ぬぷっ、ぬぴっ、じゅるう……あふ……亀頭のエラが引っかかるから……涎がだらだら垂れちゃう……ずずう……じゅぽじゅぶ……あぁ、どんどんすごくなってる……私のお口で、こんなになって……ちゅっ、ちゅぷ。あふ」

口元はもちろん、顎から喉までも、涎でねっとり濡らしながら、なおさら愛撫に熱を入れる。真一が腰を震わせたり、切ないうめきをこぼすたび、仰向き、頬をほんのり染める。当の真一は、あまりのち×ぽの快感に、せっかくの嬉しそうな靖子に気づいていない。

「んふう……ちゅぽちゅぴ……やだ、ここをすると……じこぢこ……鉄みたいになる……しこ……こんなの初めて……ちろちろ……顎が外れちゃいそう……ぬめぇ」

ますます昂ぶる真一に、いっそう頬を染めた靖子は、亀頭をぱっくり咥えたままで、ぬめりを使って茎をしごく。しごきながら穴を舌で突き、亀頭の丸みをねっとり舐める。

普段はしっとりおっとりの靖子だけれど、そこはさすがに未亡人、淫戯の甘さは未佳子も顔負けだ。だから真一は、どんどん出したくなっている。

「あぁ……ぐ！……靖子……っさん！　ひ！……ダメ、ですそんな……ひ……唇擦れる……うっ……穴……くっ……刺さる……ひっ……すごひい」

真一の限界をち×ぽで悟ると、靖子は愛戯を激烈化させた。

「んふう！……くふ……じゅぽっ！　みぢゅっ！　ぐぢゃっ……ぶぽぶびじゅぐ」

頭の動きが倍加した。喉奥にまでち×ぽを誘い、精一杯に締めつけた朱唇で、長さいっぱいを甘くしごく。顎が外れそうなほど口を開き、口腔粘膜のそこら中に、ち×ぽのありとあらゆる場所を擦りつけてしごく。

真一が急速に昂ぶっていく。

「あぁ、ぼ、僕もう……出ちゃう……出ちゃう……出……ちゃううう！」

失礼にも、靖子の頭を両手で抱え、ち×ぽの根元に叩きつけるようにしながら、自ら腰を大きく遣う。真一の呼吸は浅くて速い。もうすぐ出る。

「我慢しないで。妹たちが来たら大変……じゅぼっ、ぐぢょっ……だから……じゅくぬぽぬぴ……早くイって……れろお……ぬぽっ……あぁ、すごい……出して」

男の最後のわがままに靖子は従っている。美貌が揺れ、髪が乱れる。唇がち×ぽに犯されている。

居候の乱暴狼藉は、しかし一分とはつづかなかった。

「……ああ！」

感極まったうめきとともに、真一は放ったのだった。未亡人の頭を抱えたまま、背中を大きく反り返らせ、ち×ぽどころか玉までを咥えこませるようにして、喉奥深くに大量に放つ。脈打つち×ぽが、未亡人の唇を震わせ、口角から白く泡立った汁を滲ませていく。

未亡人はいいようにされている。

「んふう……んぐう……ぐふっ……ふうう……ごく……じゅるん……ごくん……」

汗と涎で汚れた美貌で、口いっぱいにち×ぽを咥え、放たれる汁で喉を潤す。我慢汁か涎か、はたまた汗のせいなのか、頬やおでこに髪が張りつき、引いたばかりのルージュの名残が、口元を薄く赤くしている。

朝の顔とは到底思えぬ淫らさで、靖子は真一を呑み干していく。根元に張りつかせた唇を、やわやわ蠢かせて快感を煽り、荒さを増した鼻息で、男の茂みを波打たせる。

「……」

白汁嚥下に咽び泣く靖子を、言葉もなしに真一は見下ろしている。驚きと感動と興奮と快感と、そしてちょっぴりの痛みが、真一から言葉を奪っている。

それになにより――

飲精に励む靖子はとても美しい。

とにもかくにも、のどかな日曜の朝だった。

行き交うクルマの音は少ない。散歩のイヌの鳴き声が、ゆっくり近づき、遠ざかる。

洗面所には朝日がいっぱいに射しこんでいる。

眩しいほどの朝の光が、跪いたままの靖子を照らしている。そのすぐ前にある、半勃ちのままの真一のち×ぽが、朝日を受けてねっとりと、行為のぬめりを反射させている。

ち×ぽの前で俯いたまま、靖子は動かない。髪を撫でつけ、口元を拭う。涎でねとねとの襟元や腿を見て、諦めたような溜め息をつく。

真一は、そんな靖子を黙って見ている。どう言葉をかけていいのかわからない。余韻の色濃い分身は、びく……びくん……と、真一の手の中で身悶えしている。

短くも激しい愛戯が終わっても、二人は目を合わせない。

「……これからは、もしエッチな気持ちになったら私に言いなさい。未佳子ちゃんじゃなくて私によ?」

小さな声で靖子が言った。顔をあげて真一を見た。濡れた美貌は淫らだった。でも、その表情は真剣だった。

「約束できる?」

「え?　あ、はい。わ、わかりました」

真剣な靖子の瞳に気圧されて、わけもわからず真一は頷いてしまう。未佳子とは次の約束を交わしてあるが、もちろん靖子は知らないし、それをここで言い出す勇気など、真一にあるわけもなかった。

頷く真一を見て、靖子が小さく溜め息をついた。

「約束したわよ？　忘れないでね？」

念押しするように訊く靖子。その表情には、ようやくいつもの柔和さがあった。仰向いた拍子に、顎から涎が糸を引き、恥ずかしそうに手の甲で拭うと、ゆっくり立ちあがった。

「……乱暴にしてごめんなさい」

真一を見ないで靖子は言うと、足早に洗面所を出て行ってしまった。

のどかな日曜日の洗面所に――

真一はまた独りになった。

が、また誰か来やしないかと心配になって、しばらくドアを見つめていた。一分経っても、もう開くことはなかった。

「あぁ……なんて日曜日なんだろう」

思わず呟く。真一の今の正直な気持ち。まだ夢を見ているみたいだ。

未佳子と靖子の愛戯の薫りが、真一のち×ぽから濃く立ちのぼってくる。

未佳子の、甘くて濃厚な愛撫のおかげで、真一は三回も射精した。

靖子への、驚きと興奮に満ちた口内射精は、ち×ぽが溶けてしまうような快感を、真一にもたらしてくれた。

「どっちも、最高に気持ちよかった……未佳子さんのおま×こ……靖子さんの唇……本当に最高だったな……あぁ……まさかこんな……まだ信じられないよ……」

春の陽射しに温もりの増した洗面所で、真一は一人、ついさっきの快感を思い出し、その感動を嚙みしめている。

ズボンを穿き忘れていることに気づくのは、まだもう少し先になる。

第二章　男手が足りないから手伝って…部屋を訪ねてくる美乳熟女

1

季節は春から夏へと進みつつある。今朝の天気予報によると、今年初めての夏日になるらしい。

「まだ五月になったばかりだっていうのにな……」

初夏の陽射しを浴びながら、二階の自室で真一は、ベッドに仰向けになっている。

「はあ……ふう……」

別段やることもなく、股間をまさぐっては、熱く切なげな溜め息をこぼしている。

夢のような日曜の朝からすでに二週間が経過していた。

季節は巡る。空には蝶がひらひらと飛び、その向こうには鳥が羽ばたき、そのまた向こうの青空の彼方を、飛行機雲がゆっくりと、白くて長い尾を伸ばしていく。

「まるで、あの時の僕の射精みたいだ……なあんてな。はは、は……」

己が戯言に、白けた笑い声を真一はあげる。脳裏には、あの日の二人が浮かんでいる。あの時の射精ときたら、今の飛行機雲どころじゃない勢いで、長くて濃くて太くて真っ白で、そして猛烈な勢いでもって、姉妹の美貌や裸身を染め抜いたのに……。

それが今は――

「あぁ……」

せっかくの週末だというのに、真一は一人、ベッドに寝そべり溜め息をついている。いきり勃ったものをいじっているのは、もはやほとんど癖のようなものだ。

「今日こそ……お願いしちゃおうかな……」

そう思っただけで、ち×ぽがいっそう硬くなる。まだまだ盛りの成人男子が、二週間も放っていない。最近は、お風呂で洗っているだけで勃起してしまう体たらくだ。

「靖子さん……」

あの日の彼女の言葉を、今も真一は反芻している。この二週間、真一が思うのは、靖子のことだけだと言ってもいい。

今日までに、もちろん何度も言い出そうとした。

でも、やっぱりできなかった。

なにしろ靖子ときたら、あれ以来、会話どころか目を合わせてくれないのだ。

「あんなに冷たくされてたら、溜まっちゃったからしゃぶってください……なんて言えるわけない……こんなことになるってわかってたら、あんな約束しなかったのに」

後悔先に立たず、かくして真一は、四人の美人に囲まれながら、逸りきった股間を押さえて、ベッドで悶々としているのだった。

ちなみにこの家での自慰はご法度だ。女四人に男は一人、匂いですぐに気づかれてしまう。無論、真一は真面目な青年だから、いかがわしい場所のお世話にもならない。

それはともかく――

真一にはもう一人天使がいる。未佳子。

とはいえ、軽々に未佳子に甘えることも憚れる真一なのだ。

未佳子は相変わらず優しいし、事あるごとに誘うような素振りも見せてくれている。お願いすれば、淫らで素敵な大人の天使は、間違いなく真一を、目くるめくような快感とともに天国へと運んでくれるに決まっている。

はず、なのだけれど――

靖子への気持ちが邪魔をしている。

未佳子のことは大好きだ。

でも、あの時の、別れ際の靖子の瞳を思い出すと、どうしても真一は思い切れない。

「とはいえなあ……ここまで無視されてるんだもんなあ……もう諦めた方がいいってことかもしれないよなあ……あぁ……」

状況証拠は真一の負けを示している。二週間完全無視に加え、会話は朝晩の挨拶のみ、最近では、二人きりになることも避けているみたいだ。

しかし、真一は諦めきれないのだ。やっぱり。自分の勝手な解釈や思いこみで、せっかくの靖子を諦めたくない。本気で好きになった女性を、そんな曖昧なことで諦めたくない。

「どうせダメなら、面と向かって告白して引導を渡してもらった方が、すっきりするもんな」

それに、なにかが違う感じがするのだ。

靖子の態度のそこかしこに、本気で真一を避けていない気配が漂っている……ような気が本人はしている。

「……ま、それくらい曖昧で微妙な感じなんだけど……あぁ、それともやっぱり、僕の自意識過剰なのかな……」

悩める真一の耳に――

「とんとん」

唐突に、廊下から声が聞こえてきた。

いつの間にか開かれていたドアを、姿を見せぬ誰かの手だけが伸びて、ノックの真似をしている。四姉妹との生活も一ヶ月を過ぎている。誰かはすぐにわかった。

「あ、あ、歩美さん、おはようございます」

真一は飛び起きた。もちろん手は股間から抜いている。

「入ってもいい?」

廊下の部屋側の壁に寄りかかっていた歩美が姿を現す。細身の身体にスキニージーンズがよく似合っている。今日は暑くなりそうだからか、歩美には珍しく、上はなんとタンクトップという大胆さだ。四姉妹随一の美巨乳が、真一の目を釘づけにする。

「も、もちろんです。歩美さんが僕の部屋に来るなんて珍しいですね」

愛想笑いを浮かべながらも真一は少し心配している。さっきの自分の姿を見られていなかっただろうか。

ところが、何気なく真一は言ったつもりだったのに、歩美の表情がみるみる曇っていく。

「私が来たら迷惑みたいな言い方ね。邪魔なら言って。別にあなたと、どうしても話がしたいわけじゃないから」

言うが早いか踵を返し、部屋から出て行こうとする歩美を、あわてて真一は止める。

「ご、誤解です！　そんなこと言ってませんし思ってもいません！」

歩美とは、まだなんとなく距離がある。初対面の印象が悪すぎたせいだ。最近では、ずいぶん距離が縮まった感じはするけれど、上の二人と比べればまだまだ。

（もっとも、今は靖子さんが一番遠くなっちゃったけど……はあ）

ちなみに、麻紀とは今でもまともに会話をしたことがない。仲違いをしているわけじゃないけれど、なにしろ麻紀は大人しい。それに、真一は真一で、麻紀と一緒にいると、あの時の歩美の言葉を思い出し、どうしても意識してしまうのだ。

（麻紀さんは確か三十だって言ってたよな……三十路の処女……あぁ、なんて素敵な響きなんだろう……）

靖子のような大人の女性が好みの真一でも、三十路の処女の麻紀には、正直魅力を感じてしまう。歳相応に成熟した麻紀の身体が、まだ未経験だというアンバランスさが素晴らしい。

「こほん……仰せに従って、私、まだいるんだけど。やっぱり帰った方がいい？」

うっかり妄想に耽ってしまった。

「あ、すみません。と、とにかく、怒ったのなら謝りますので、どうかここにいてください。せっかく来てくれたんですから」

「そんなにへりくだらないで。私も悪かったわ。ダメよね、すぐにムキになってしまって……こういう性格だから、あんまり気にしないでね」

いつになく殊勝な表情で歩美が笑った。真一に見られているのを意識したのか、頬に朱が差し、薄くて形のいい唇が、恥ずかしそうに噛みしめられる。

「そ、そんな、僕の方こそすみませんでした……」

はにかんだ笑顔がとても素敵で、柄にもなく真一も頬を赤くしてしまう。いつになく大胆な胸元も、もちろんとても魅力的だ。

が――

「……」

それきり歩美は黙りこんでしまった。ドアのところに佇んだまま、時おりなにか言いたげに真一を見て、すぐにふたたび俯いてしまう。顔を上下させるたび、タンクトップの中で乳房が、ぶるん……たぷん……むちん……と、甘く揺れるのが眩しい。

「じ、じゃ、こうしているのもなんですから、下でコーヒーでも飲みませんか？　図書館のお話でも聞かせてください」

間が持たなくなって真一が言った。なにしろ歩美と二人きりで話すのは初めてなのだ。勝手がわからない。

「それもいいけど……いいんだけど……コーヒーも好きだし……でも……」

なおも歩美は、時おり真一を見て口を開きかけては、頬を赤くし俯いてしまう。

「……？」

（いったい歩美さんは、なにをそんなに躊躇しているのだろうか？……）

もちろん、思い当たる節はなにもない。真一に文句を言いにきたのなら、歩美がこんなに躊躇うはずがないし、そもそも最近は、掃除洗濯風呂掃除、料理にゴミ捨てその他もろもろ、すべてそつなくこなしている。

「あなた、男よね？」

唐突に歩美が言った。

「え？　も、もちろんです」

「私、女？」

「え？　も、もちろん……です……けど……」

途切れ途切れに返事をしながら、真一は戸惑いを隠せない。

(本当になんなんだろうか?……まさか、僕をからかいに来たんじゃ……)

思った瞬間——

「男性の真一くんに、折り入ってお願いがあるの」

真剣な表情で歩美が言った。真一の目を見つめる。現金なもので、真一の意識は一瞬にして、ふたたび歩美に集中してしまう。

「お、おとこの……僕に……おねがい……ですか……ごくり」

目の前の歩美をあらためて見つめる。

露わになった首筋から胸元がとても魅力的で、真一はすでに勃起している。

2

期待させられた分だけ落胆は大きかった。

「これをこっちに移動して、それをあっちに置き直せばいいんですね?」

ベッドを持ちあげながら、真一は歩美に訊いた。こうなったら、さっさと終わらせてしまうしかない。

落胆はしていたが、歩美に文句などない。

むしろ自分に怒っている。

（すぐ変な期待をするから、こういうことになるんだよ……本当に馬鹿だよ）

家の中でどんな格好をしようが、それは歩美の自由なのだ。おっぱいの大きさと形を強調したぴちぴちのタンクトップで、居候に頼みごとをしに来たとしても、歩美を責める理由にはならない。

結局のところ、突然の歩美の訪問の理由は、自分の部屋の模様替えだった。ベッドと机を入れ替えて欲しいのだという。

（この前、あれだけ悩んで決めたのに、もう模様替えなんて……少しはこっちの身にもなって欲しいよ……そりゃ、僕は居候だから、文句なんか言わないけどさ、靖子さんと離れたくないからって、ここを出て行かない僕が悪いんだけどさ……）

つい、心の中で愚痴ってしまう。

しょうじき期待していた。

今日の歩美には、期待させるような雰囲気があった。露わになった胸元以上に、歩美の仕草や佇まいが、真一に期待をさせていた。

（……やっぱり、ちょっと調子に乗ってるんだろうな、僕）

脳裏に浮かぶ、未佳子と靖子の美貌を振り払うように、真一はベッドを持つ手に力をこめた。

勇気を出せなかった自分への落胆は大きかった。

（だって、どうしても言い出せなかったんだもの……どう頑張っても……）

本心の代わりに口をついたのは、部屋の模様替えのお願いだった。気に入っていたベッドの位置だったけれど、この際仕方がなかった。

でも、歩美は見逃さなかった。その瞬間、真一の表情が曇ったことを。

素直に嬉しかった。

（私に期待してくれていたのね……あぁ、なおさらどうにかしなくちゃ）

てきぱき作業を真一は進めている。もうあまり時間がない。

（どうやってお願いしたらいいの？……あぁ、わからないわ）

歩美は自分に自信がない。それは二人の姉のせいだった。

性格こそ違うとはいえ、靖子も未佳子も、学生時代からとても目立った存在だった。ともに頭脳明晰にして運動も得意で、学校行事のあるたびに、二人は大いに活躍をした。無論人望も厚く、どちらも生徒会の要職を経験している。

男女を問わず告白されるのも二人の常で、当時住んでいた家のポストが、いつも二人への手紙でいっぱいだったのを、今も歩美はよく憶えている。

（こんな姉が二人もいる妹が、どんなに大変だったかは、当人じゃなきゃわからないわよね、きっと……）

とはいえ歩美も、決して目立たぬ方ではなかった。頭も運動もそれなりだし、ラブレターの二十や三十は毎月もらっていた。もちろん、恋愛経験だってそれなりにある。でも、結局自信を持てきれぬままに、歩美はここまで来てしまったのだった。

靖子は幸せな結婚をし、魅力的な人妻になった。図らずも未亡人となってしまったのは気の毒だけど、女性としての魅力は、今もまったく色褪せていない。

一度は家庭を選んだ未佳子は、今はふたたび社会に戻り、トレーダーとしてキャリアを積み重ねている。姉妹四人が、こんなお屋敷に住めるのも、靖子の切り盛りと未佳子の稼ぎがあればこそ。

（それなのに、私ときたら……結婚もできず、さりとてキャリアらしいキャリアもないままに……地元の図書館で地味に働いているだけ……）

仕事に不満はない。文化や知識を世に広めるのは大切な仕事だ。大体世の中では、どうでもいい本ばかりが売れて、本当に読む価値のある作品が蔑ろにされすぎている。そもそも流通システムやメディアのあり方にも問題があって、その抜本的な解決に必要な意見もなかなか認知されな……。

(あん、歩美の馬鹿！　今はそんなこと考えている場合じゃないでしょ！)

歩美は、自分の仕事に誇りとやり甲斐を感じている。

だが歩美は自信がないのだった。女としての自分に。上の二人が素敵過ぎて、しなくてもいい比較をして、勝手に自分を卑下している。

確かに、恋愛経験もないことはない。でも、ある！　と自慢できるほどでもない。

ふと思った。

最後にしたのはいつだろうか？　セックスを。

昔過ぎて思い出せない。

(私に、麻紀のことをとやかく言う資格なんてないのよね……)

大学を出て、今の仕事に就いてからというもの、デイトはおろか合コンすらしていない。そもそも出会いがまったくない。出会っても、どう接すればいいのかがわからない。男性と二人きりで会話をしなくなって久しかった。

「さてと、終わりましたけど、これでいいですか？」

「きゃっ！」

ふいに真一の声がして、飛びあがるほど歩美は驚いた。真一のことを忘れていた。

「ど、どうかしましたか？」

「え？　あ、なんでもない。そこに虫がいたかと思って……おどかしてごめん」

（やだもう……私ったら、なんのために真一くんを訪ねたのよ。せっかく勇気を出したっていうのに、みすみす棒に振るつもりなの？）

歩美は俯き、自分の不甲斐なさに唇を噛む。

男性との接し方を忘れてしまった歩美だけれど、歳の近い真一になら素直になれる気がした。

初対面の印象はともかく、最近では、真一に対する気持ちも、歩美の中で大きく変わっている。もちろんいい方向にだ。

（でも、そんなことを頼める義理じゃないわよね……いやらしい女だと思われるのがオチだわ……あぁ、でも、他に頼れる男性なんていないし……現れそうもないし……）

俯いた視線の先で、自分の乳房が弾んでいる。無駄におっきなおっぱい。道行く男の視線を釘づけにする逸品。でも、今の歩美には、ひどい肩凝りの原因に過ぎない。

（真一くんも、気になっているのよね？……私のおっぱいが。だからあんなに……）

さっきの真一の視線を思い出した。カップを射抜くような、鋭く熱い眼差し。

だいたいのことでは、上の二人に敵わないと思っている歩美だけれど、ことおっぱいに関しては自信がある。靖子に未佳子、そして麻紀も、形、大きさ、張りの三拍子そろった歩美を見るたびに、異口同音に褒めてくれる。

（真一くんも……気に入ってくれる……かな？）

何気ない風を装って、そっと歩美は乳房を抱いた。胸元が広がり、豊かな丘が肌を晒す。

「……」

真一を見てみる。

（あん、目がまん丸に広がってるう……私のおっぱいを、あんなにまじまじと見てる……やっぱり気にしてくれてるんだ……嬉しい）

そういう視線を普段は疎ましく感じるのだが、もの欲しそうな真一の顔を、可愛いとさえ思ってしまい、歩美はとても驚いた。

（歩美、今よ、今しかないわ。このまま言ってしまいなさい。素直になってお願いするのよ。自信を取り戻すお手伝いをして欲しいって、お願いするの……）

今ならできそうな気が歩美はしていた。他に頼める男性はいない。それに、真一の印象も、今はすっかりよくなっている。

勇気を出したくて――

「……」

組んだ両腕をさらに持ちあげた。

緊張で加減を誤ったのか、むにゅう……と、歩美が心配になるほどにおっぱいが持ちあがり、開いた胸元から、三分の二以上も丸みが押し出されてしまう。

（あん……カップから……飛び出ちゃいそう……乳首）

開いた胸元に合わせて、今日のブラはハーフカップだから、丸みはおろか、桃色の先端までもが、今にもはみ出しそうに溢れかえっている。

「ごくり……」

真一の喉が鳴ったのを歩美は聞いた。乳首が切なくなるのを感じた。こんな感覚はずいぶん久しぶりだ。

だからますます大胆になってしまう。歩美も大人の女だから。

（いっそこのまま、思い切って……見せてしまおうかしら？）

そう思っただけで、緊張と興奮に指先が震える。身体がますます熱くなる。

ところが――

「……なによ、まだ文句あるの？　ちゃんと謝ったじゃない」

うっかり目が合い、恥ずかし紛れに、つい、いつもの調子で言ってしまう。

しまった……と、思った時は遅すぎた。

「あ、す、すみませんっ。じゃ、僕、もう行きますね？　またなにかあったら遠慮なく呼んでください」

歩美の剣幕にたじろぎ、恐縮した真一が、部屋を出て行こうとする。その真一の後ろ姿が軽く前屈みになっている理由くらいは、歩美にだってわかっている。

「あぁ、ま、待って！　まだ頼みたいことがあるのよ！」

小さく、しかしはっきりとした声で歩美は叫んだ。叫びながら、これが最後のチャンスかもしれない……という思いが脳裏をかすめ、歩美自身も気づかぬうちに、勝手に両手が動いていた。

「頼みごとってなんです……か……あ……あぁ……そ、そんな……ああ」

振り返った真一が、そのままの姿勢で固まった。目を見開いたその顔に、驚きと興奮の色が広がっていく。

自分のしでかしたことに、まだ歩美は気づいていない。

「……？　そんな顔してどうしたの？……あんっ」

真一の視線を目で追い、剥き出しになった己が乳房を確認し、羞恥に頬を染める。

でも、隠そうとはしない。真っ赤な顔で真一を見つめたまま、手にしたタンクトップを、そっと床に落とした。

「あぁ、ちょっと涼しくなったみたい……今日は本当に暑いわね。もう夏だわ」

つい、脱いじゃったわ……と、悪戯っぽく歩美は言ってみせた。

もちろん――

いきなり脱いだ言い訳としては、あまり上出来ではない。

3

歩美には申し訳ないけれど――

言い訳なんてどうでもよかった。

最初は夢じゃないかと思った。

「あ、歩美……で、出てる……が……出てます……お、おぱ……おっぱい……ああ」

幻を見ているのかとも疑った。二週間の禁欲のせいで、見えないものを見ているのかと思った。

でも、そうじゃなかった。夢でも幻でもない。

振り向いた真一の目の前に、歩美の乳房が晒されている。

ずしん……と、音が聞こえてきそうなほど大きい歩美の乳房は、やや下膨れな輪郭も相まって、肉感的なことこのうえない。

そんな圧倒的な肉感の割には、だから乳高がそれほどないみたいに思えるけれど、つん……と、天を向いた乳首は、歩美の胴からずいぶん離れた先にある。タンクトップのごとき薄布が、よくもこんな大きなおっぱいを隠していたものだな……などと、興奮した頭でつまらないことを真一は思う。

(ま、前から思ってたけど……やっぱり四人の中で一番だよ、歩美さんのおっぱい……おっきさといい艶かしさといい……最高だ)

おっぱいだけが女の魅力ではない。そんなことはもちろん真一だって知っている。でも、歩美が素晴らしく素敵なのも本当だから、真一はやはり見惚れてしまう。賞賛せずにはいられない。

(靖子さんと未佳子さんにも驚かされたけど、まさか歩美さんまでがこんな……美人で優しくて、おまけに大胆……あぁ、なんて素敵な姉妹なんだ!)

正直な真一の気持ち。

それゆえ顔に出てしまう。

「あ、今、私のこと変な女だって思ったでしょ?」

「そんな、変な女だなんて思ってません！　ただ……ちょっと驚いただけです」

あわてて真一は言い繕う。今ここで、歩美の機嫌を損ねたら、きっと一生後悔する。

なぜだかわからぬが、歩美はとってもいい雰囲気になっている。

これからなにが起こるかは、神ならぬ身の真一は知らない。でも、否が応でも期待は高まる。高まらずにはいられない。

「そう思われても当然よね。だって、私が自分に驚いているくらいなんだもの……でも、他に方法を思いつかなかったのだから仕方ないわ」

「ほうほう？」

真顔で真一に訊かれた歩美は、今まで見たことがないくらいに、その美貌を真っ赤に染めた。

「……私に興味を持ってもらう方法のこと」

蚊の鳴くような声で答える歩美は、おっぱいまで赤くなった。

真一は驚いた。おっぱいまで赤くなったことにではない。

「き、興味って……え、ま、まさか……まさかそんな……歩美さんが？……そもそも歩美さんって、そういうことに興味、お持ちだったんですか？　びっくりです」

うっかり言ってしまった真一に、それまで恥ずかしそうにしていた歩美が、いつもの怒った顔になる。

「あら、私がそういう気持ちになるのはおかしいっていうの？　図書館勤めの地味な女は、異性に興味を持ってはダメなの？　セックスをしたくなってはいけないの？　居候を誘惑するなんて、百年早いとでも言いたいわけ？」

おっぱい丸出しのまま腰に手をやり、真顔で真一のことを見つめる。

「え？　いえ、そんなつもりは毛頭ない……ごめんなさい……ごくり……」

すっかりいつもの歩美だけれど、丸見えのおっぱいは乳首が勃っていて、怖いやら色っぽいやら、真一は色々な意味で目のやり場に困ってしまう。

真一の様子に歩美が気づいた。さすがにバツが悪そうだ。

「……ごめん。怒るつもりじゃなかったのよ。自分でも気にしていることだから、つい、ね……あぁ、こういう性格だから、この歳まで彼氏もできないのよね……あ、断っておきますけど、経験くらいはありますから。そこは誤解しないように」

「……くす」

真一はつい笑ってしまった。恥ずかしがったり怒ったり、はたまた自己分析したり、真顔で経験の有無を申告したりと、感情を隠さぬ歩美の素直さが、真一にはとても好ましく思えたのだ。

「やだ、またやっちゃったみたいね？……でも、真一くんもいけないのよ、こういう格好の女に向かって、あんな変な質問をするから……もう……ふふ……ふふふ」

「そうですよね。こんな時にあんな質問はないよな……ないよ……ふふ……はは」

おっぱいを丸出しにした歩美と、ズボンの前をぱんぱんにさせている真一が、顔を見合わせて笑っている。

口に手を当て、笑っている歩美の乳房が揺れている。

頭をかきながら苦笑いしている真一の股間に、うっすらしみが浮いている。

でも、二人はもう恥ずかしがらない。互いから目も逸らさない。今は気持ちも通じ合い、必要なのはきっかけだけ――

笑っていた歩美が、ふいに真面目な顔になる。

「……私のことが嫌い？　私、あなたに対しては、あんまりいい態度を取ってきていなかったから、嫌いと言っても怒らないわよ？」

「そんな、嫌いなわけありません。歩美さんが、本当は優しい方だってことは、僕、よくわかってますから……僕こそすみません、いつまでもこの家に居座ってて」

「つまらないこと気にしないで。好きなだけここにいていいのよ。そんなことよりも、もし、私のことが嫌いじゃないのだったら……その証拠を見せて欲しいな……」

汗ばんだ美貌で歩美が微笑む。真一を見つめ、思わせぶりに上体を揺らすと、大きな乳房が気だるげに身じろぎ、むちん……と、互いの丸みをぶつけ合い、湿った肉音を奏でた。

「やん、恥ずかしい音……おっきいからいつもこうなの……笑わないでね？」

己が乳房に俯いて、恥ずかしそうに歩美が笑う。その拍子に、首筋を伝った汗が、つう……と、谷間を流れ落ち、ジーンズのウエストに吸いこまれていく。乳房の周囲の空気まで、なんとも艶かしく見えて、真一は思わず生唾を呑む。

「あぁ、こんな素敵なおっぱいを笑うわけないです……でも、証拠って、なにを見せればいいんですか？……あぁ、乳首の先が汗に濡れて……すごく色っぽいですぅ」

目の前のおっぱいに夢中の真一を見て、歩美は嬉しそうにしながらも、その鈍感さに唇を尖らせる。

「なにを見せればいいかですって？　そんなことまで、女の口に言わせるの？　真一くんって、案外意地悪なのね？　それとも、私の申し出を断る口実だとか？」

だったら悲しいわ……と、いっそう濡れた瞳で呟き、真一を見つめていた瞳を、ゆっくり、誘うように落としていく。

「……え……ま、まさか……」

歩美の濡れた瞳が、ち×ぽのところで止まったのを知って、真一は思わず絶句する。同時に猛烈に興奮してくる。

(あぁ、そんな、歩美さんたら……僕にも、見せろって……あぁ、どうしよう)

見られているのを意識して、ち×ぽがますますじんじんしてくる。かちんかちんに盛った茎が、ズボンの前をこんもり盛りあげているのは当然として、今ではチャックの周辺に、はっきり汁がしみている。

真一の男としての反応に気づいて、歩美の瞳がますます濡れる。

「やだぁ……真一くんたら……まだ、触るどころか脱いでもいないのに……でも、ちょっぴり嬉しいかも……もっと興奮して。私の裸で……あん、恥ずかしい」

大胆なセリフを呟きながら、羞恥に頬を染める歩美が、ゆっくりジーンズを脱ぎはじめる。

「あ……ゆ……み……」

もはや真一は言葉にならない。ゆっくり露わになっていく歩美の下半身に、ただただ見惚れて呆然としている。

よいしょ……と、少し苦労しながら、ジーンズもろともパンティを脱いで、歩美は全裸を真一に晒すと、動かしたばかりのベッドに横座りになった。肉感的な腿の間に、茂みの黒が猛烈に眩しい。

「あ……あ……あぁ……そ、そんな……そんな……ああ」

真一は無論言葉にならない。驚きと興奮に、両の眼を見開いて、歩美の裸身に夢中になっている。歩美がわずかに腰を揺らした拍子に、くちゅ……と、どこかの粘膜が泣いたのを聞いて、真一の喉が変な音を立てた。

「もう、黙っていないでなにか言って。私だけ裸になっているなんて、本当は恥ずかしくて堪らないのよ？」

女の気持ちがわからないの？……と、拗ねたように抗議をしてみせる歩美はしかし、含羞した美貌とは対照的に、その充実しきった肉体をむしろ晒していく。

シーツに横座りになった脚を綺麗に伸ばして、無垢の乳房を抱えて真一を見つめる。腕の中で盛りあがった乳房が、今はすっかり熟れた風情の桜色の乳首を、恥ずかしそうに尖らせている。

「あぁ、歩美さんの裸、とっても素敵です……すううう……はあぁ……ふう」

思わず真一は深呼吸をしてしまう。歩美の裸身から漂ってくる、甘酸っぱくも官能的な薫香が、春には少し暑い部屋の空気を、ますます熱っぽく色づけていく。

(綺麗なのはわかっていたけど、おっぱいがおっきいことも、スタイル抜群なのも知ってたけど……生の裸身は素敵過ぎて……）

我慢汁を吸ったブリーフが不快だ。一刻も早く脱ぎたい。脱いで、そして……。

でも、歩美への想いが募れば募るほどに、真一はむしろ動けなくなってしまう。

（靖子、さん……）

一日惚れした女性の名を呟く。あの時の約束を思い出した。興奮しきった頭とち×ぽが、ほんのちょっぴりだけ冷めた。

（こんなことしちゃやっぱりダメだよ。靖子さんを裏切っちゃダメだ！　それに、かえって歩美さんにも申し訳ないし……あぁ、でも……でも……）

プラトニックな感情も、今の歩美を目の前にしては物の役には立ちはしない。

歩美から目を離すことが真一はできない。

ついさっきまでは、あれほど怒ったりつんけんしていたくせに、今の歩美ときたら、可愛い大人の女性そのもの、羞恥に裸身を朱に染めつつも、純愛と欲望の狭間で悩める青年の前で、誘惑的な仕草をやめない。

「くす……真一くんも、そういうエッチな顔ができるのね……可愛いわ……その顔を、もっとエッチにしてあげたいな……」

真一をじっと見つめたまま、歩美は乳房に手を添えた。真一の目が、いっそうの期

「私ってね、恥ずかしいけれど、おっぱいがとっても感じちゃうの……くちゅ……はむ。だからこうすると……ねろねろ……うぐう……とっても……ちゅば……ひい」

仰向けにした己が乳首を吸いながら、歩美は歓喜に肩を震わせ、恥ずかしそうに真一を見た。しゃぶられている乳首は、すでに涎でぬらぬらに濡れて、いっそう淫らに勃起している。

「あぁ、恥ずかしい……恥ずかしいけど……私……ちゅぱちゅぴ……もう我慢できない……くちゅ……ダメ……見ないで……恥ずかしすぎる歩美を……あふう」

潤んだ瞳で真一を見つめながら、歩美は、左の手指をま×こに入れた。無論、乳首をちゅうちゅう吸いながらだ。おまけに、見ないで、と、言っているくせに、汗ばんだ美脚をMの形に開いて、指の刺さった己がま×こを、真一の鼻面に広げてくれる。

これが止めとなった。

「じ、じ、自分でおっぱいを……乳首を……吸ってる……歩美さんが……あの歩美さんが……ちゅばちゅば、って……うわ、ま×こがますます……あぁもうだめだ！」

（靖子さんごめんなさい、ごめんなさい、ぼ、僕、もう我慢できません！……）

ごめんなさいっ……と、心の中で靖子に詫びると、自慰をしている歩美を見ながら、真一は服を脱ぎはじめた。自分の巨乳を舐め回している歩美に興奮しきっている。この二週間の靖子との不仲も、真一を歩美に走らせてしまった理由だ。

(そうだよ、悪いのは僕だけじゃないよ、あんまり靖子さんがつれないから……こうなったら、もうどうにでもなれだ!)

適当な理由を見つけてすがると、ちょっぴり気持ちが軽くなった。あっという間に裸になる。剝き出しにした屹立を握ると、あわただしく自慰をはじめる。

「あぁ、歩美さんを見ながらだと……くく……すごくいいですう……うぐ……あぁ、ま×こいやらしい……色も音も……うう……最高に素敵です」

ベッドの側に跪き、目の位置をま×こと水平にして真一はしごいている。ま×こと顔の距離は一メートルとない。指が刺さるたびに、花びらが緩んで膣奥が見える。汁が泡立っている。茂みがそよぎ、欲情した女の匂いが鼻先をかすめる。圧倒的な生々しさだ。

「くす。やっと証拠を見せてくれる気になったのね?……あん、それにしても……真一くんたら、もうそんなにだったの?……怖いくらいおっきくなってる」

理知的な美貌は、淫らな感じに唇を開き、涎で少し濡れている。潤んだ瞳は、しばしば真一が目にする読書中の歩美とは、似ても似つかぬ別人だ。

「みっともないものを見せてすみません……でも、オナニーしている歩美さんだって
すごく素敵です……でも、本当に久しぶりなんですか？……すごく濡れてますよ？
あぁ、アナルに垂れてく……エロ過ぎるぅ」
熱烈な視線を歩美の恥ずかしい部分に投げつけながら、真一も手こきに励んでいる。
経験が少ないと歩美は恥じるけれど、そこはやっぱり大人の女、三十路の自慰はとて
も淫らで、真一をすっかり虜にしている。灼熱の鋼鉄と化したち×ぽは、すっかり我
慢汁にまみれてしまい、ねちゃくちゅ、みちゅじゅく、みちゃぬちょ……と、物欲し
そうな濡音を立てている。

裸になった真一と歩美が、互いの恥ずかしい行為を見せ合っている。
歩美の部屋にはあるまじきことが、いま実際に起きている。
「あん、おち×ぽがますます素敵になってる……私のオナニーで興奮しているのね？
私のまんずりを見ながら、お勃起しこしこしてよくなっているのね？」
露悪的なセリフを口にする歩美は興奮している。自慰はともかく、こんなセリフを
口にしたのは、もちろん生まれて初めてだ。
（わ、私、誘惑している……真一くんを……裸になって……そればかりか……はふん

……お、オナニーまでして……あぁ……私が……）

行き遅れの三十女である自分が嫌いでたまらなかった。

それを二人の姉のせいにしていた自分が嫌いでたまらなかった。

二人への劣等感をいいことに、自分の勇気のなさを正当化していた。

ただ、それを認めるのが怖かった。認めたら、今までの自分のなにもかもが嘘になってしまう気がしたから。

それなのに——

（自分からこんなことを……男の人を誘っているの……もちろんすごく恥ずかしいけど……なんだかちょっぴり嬉しいかも）

歩美は真一を見つめている。真一は気づかない。歩美のま×こに夢中だから。

その、一心不乱な表情を見ていると、無性に歩美は嬉しくなる。自分が女であることに、どんどん自信が湧いてくる。

「真一くん？」

だからつい訊いてしまう。

「な、なんですか……はあ、ふう……うう……」

「私のおま×こを見て興奮しているの？」

「そ、そうです！　歩美さんが素敵だから僕……く……すごく感じてます……あぁ、奥からお汁がどんどん溢れてくる……歩美さんのま×こ、本当に素敵です」

嘘偽りのない真一の言葉に歩美は安堵し、ますます気持ちが掻き立てられる。

（あぁ、私の裸で、真一くんをもっともっと興奮させてあげたい……そして私でお射精、して……もう、私ったら、なんてことをおねだりしているのかしら……）

ばか……と、己の破廉恥を恥じる歩美は、しかし気持ちはすっかり女、真一に尽くすことしか考えられない。

「こういう格好は好きかしら……破廉恥過ぎて軽蔑されちゃうかな？……」

歩美は真一に尻を向けると、自ら丸みを大きく開く。ぬちょ……と、ま×こが泣く音がはっきり聞こえた。ぱくり……と、花びらが緩む感触とともに、膣粘膜が涼しくなって、歩美の頬をいっそう染めさせる。

男の眼前で四つんばいになり、開いたま×こもろともアナルまで晒す。もちろん歩美の初体験だ。

（あぁ、自分で開いて穴を晒すなんて……いい歳をして恥ずかし過ぎる）

とはいえ、いや、それだからこそ期待してしまう。真一の賞賛と感嘆の言葉を。経験の少ない分だけ、ま×こには自信がある。少女のように……と、まではいかないけれど、綺麗な桃色の花びらと膣襞は、我ながら三十路のそれとは思えない。

だが歩美の期待は叶えられずに、尻の向こうに漂うのは沈黙ばかり。

（あぁ、少し調子に乗りすぎたみたい。軽蔑されてしまったのかな……）

心配になって――

「……どう、かしら？……やっぱり気に入ってくれなかった？……」

歩美は股間越しに真一を見た。

歩美と、彼女の尻越しに目が合って真一の顔色が変わる。

「あ、あぁ、歩美さんたら、そんなことをしたらますますエロく……ごくり」

眼前には明け透けになっているアナルとま×こ、四つんばいの股間の向こうには、羞恥に染まった歩美の美貌、その三つを同時に見てしまい、あまりに淫らな構図に真一は絶句、激しくち×ぽをしごきながら、興奮のあまり涙目になっている。

「僕もう我慢できませんっ、もっと、もっと近くから見せてくださひ！」

おま×ことアナルをっ……と、かすれた声で真一は叫ぶと、あわただしくベッドに乗って、歩美のま×こに顔を寄せた。それだけでは足りないとばかりに、激しくしごきながらシーツに横たわり、歩美の股間に体を滑りこませた。

「お、お願いです歩美さん、ぼ、僕のも……うぐ……もっと近くで見て……あぁ、ま

×こがますます……ち×ぽに顔を近づけてください！　あぁ、歩美さんのま×こ、すごいやらしい匂いがしてくる……うう、た、たまらなひ……ぐ」

真一の興奮を目の前にして、歩美の杞憂は吹き飛んだ。同時に、ますます心が昂ぶってくる。

「あん、真一くんたら、すっかり興奮してしまって……はん……すごい熱……おち×ぽのそこら中が、エッチなお汁でぬめぬめになって……すう……はあ……あぁ、男の人の匂いがする……やだ、また恥ずかしい真似を……嫌いにならないでね？」

「な、なるわけない……うう……息が……かかる……亀頭……ぐ」

はしたない行為と言葉を恥じる歩美は、しかし美貌をち×ぽから遠ざけない。あえかに開いた濡れた朱唇。今にもおしゃぶりをはじめそうな風情で、真一はもう、腰を突きあげたくて堪らない。

「歩美さん……うう……歩美……あぁ……」

指の抜き刺しに合わせて、くな……くにょ……ぬめ……と、揺れる花びらを凝視しながら、震える声で歩美の名を呼ぶ。

もちろん歩美も気持ちは同じだ。

「ん？　なあに？……んふう……あぁま×こ熱い……なにが言いたいの？」

白々しく訊き返しながら、思わせぶりに尻を揺らし、ま×こをいっそう甘く泣かせる。もちろん歩美も、眼下でびくびく痙攣している真一から、少しも目が離せなくなっている。

「歩美、さん……」

「あぁ、来て……そして、私にも、お願い……」

ほどなく、気持ちの通じ合った二人の性器と顔が、ゆっくり一つになっていく。

「んふう……くちゅ……ねろん……くちゃくちゃ……はふ……ま×こ、おひしひ……あふ……お汁……んぐんぐ……あびゅ……れろん」

歩美の尻を抱きかかえ、真一はま×こに夢中になる。開いた膣に舌を抜き刺しし、擬似性交の快感を紡ぐ。花びらを咥え、ちゅうちゅう音を立てて吸うと、歩美の腰が切なげに揺れた。桃色の縦溝を、大きな舌遣いで舐め回す。歩美の尻たぶに鳥肌が立つ。

もちろん歩美も負けていない。目の前の真一に夢中になっている。

「んぐ。ぐぐう……ぬぽっ、ぬちゅっ……あふ。あなただって素敵……れろん……ちろちろ。くちゃ……ぬちゅ……硬くて……太くて……こんなの初めてよ。本当に初めてなの……あふ……けほ……おち×ぽで噎せちゃう」

握りしめた真一を、先から根元、付け根から裏筋、はたまたいけない穴にまで、火照った舌をぬめらせる。涎を遣って茎をしごき、感極まって頬擦りまでする。無論、口腔に迎え、ま×こに見立てた頬粘膜で、甘く切なく舐め回す。真一の満足げな溜め息をアナルで感じ、ますます歩美は素敵な気持ちになってしまう。口唇奉仕は初めてじゃない。でも、こんなに夢中になったことはなかった。

「あぁ、こんな、こんなことって……んぐう……じゅぽじゅぷ……見せるだけのはずが……あひぃ……ふに……れろん、くちゃくちゅ……恥ずかしいわ」

時おり我に返って羞恥し、後悔の臍を噛むも、そんな感情は一時のこと、ま×この歓喜と、目の前で悦んでいる真一の雄々しさが、すぐさま歩美を女に戻す。はしたない舌。いけないま×こ。玉や袋を躊躇なく口にし、アナルを男の鼻先に擦りつける。

もちろん真一は、そんな歩美が嬉しくてならない。

「恥ずかしがる必要なんてありません……ぬぽぬぴ。ぐぢょ。僕、すごく嬉しいんです……じゅる。ねろん。ちゅうちゅう……歩美さんが僕とこんなに……あぁ、ま×こがますますぬめってますぅ……じゅぽっ、ぐぢょっ」

今日の今日まで、歩美とは距離があった。親しみやすい未佳子や、年上らしい優しさを見せてくれる靖子と違って、近寄りがたい歩美だった。

その印象が一瞬で変わった。

普段のお堅い素振りや風情は、恥ずかしがり屋の裏返しで、本当の歩美はとても優しい。濡れたま×こ。綺麗なアナル。淫らな唇。そのすべてが、歩美の優しさを真一に伝え、ち×ぽをどんどん追いこんでいく。限界が近い。

「も、もういいですか？……うぐ……僕が歩美さんを嫌いじゃないって……ひ……わ、わかっていただけましたか……あぁ、ま×こいやらしい」

息も絶え絶えな真一に訊かれて、歩美が首を縦に振る。その拍子に、髪がなびいて亀頭をかすめ、真一の喉が変な音を立てる。

「えぇ、よおくわかったわ。真一くんのお勃起をじっくり味わわせてもらったから……あふ……私、とっても嬉しい……ありがとう……あん、亀頭がすごく張って……」

射精の瞬間を思い、乳首が勃起するのを感じながら、歩美は真一を深く咥えていく。唇に感じる硬さと熱が愛しくて、最後の愛戯は勝手に激しくなっていく。

「出して……早く……ぬぽぬぴ、ぐぢゅ……見せて……あなたの気持ちを」

はしたないほど涎を垂らし、愛のこもった口ま×こをする。裏筋に舌を這わせる。おしっこの穴は入念に。学生時代に雑誌で読んだやり方。いつかしてみたかった。

どんどんち×ぽが硬くなる。ますますち×ぽが太くなる。でも歩美は臆さない。真一が出したくなればなるほど、歓びの感情が押し寄せてきて、歩美は幸せな気持ちになる。この射精を受け止めれば、女としての自分に自信が持てる気がしている。

その瞬間は突然来た。

「イキますう！」

目の前のま×こに突っ伏しながら、歩美の口に真一が放った。

「んふう！」

出された直後、歩美は言葉にならなかった。一瞬にして口腔が白く溺れた。喉には粘つく熱いぬめり。伸びきった唇には、戦慄くち×ぽを感じている。

「あ、で、出ちゃった！　歩美さんごめんなさい、いま抜きますから……あう」

初弾を放ったところで気づいて、あわてて真一はち×ぽを抜いた。二週間ぶりの射精なのだ。きっと量は半端じゃない。

歩美の経験の少なさを案じた、真一なりの気遣いだったが——

むしろ仇になった。

抜きながら二撃目が穴から噴き出て、歩美の喉やおっぱいに、白い礫をぶちまける。抜いたはいいがやり場がない。だからそのまま真一は放ち、上になっている歩美の腹や茂みに、下から汁をぶつけていく。

「あ……く……すみ、ません……うぐ……射精……そこら中に……うう……ごめんなさい……あぁ、でもすごく気持ちいい……ま×こ舐めたい……くちゅ……うう」

シックスナインの体勢のまま真一は放つ。放ちながらま×こを舐め回す。女口の甘さと、歩美に放つ興奮が、なおもち×ぽを戦慄かせ、亀頭の上の女体を汚す。

「ふふ、謝ってるくせに、こんなにたくさん射精してる……いいのよ、気にしないで放って……真一くんの好きなだけ……ぱくり。んちゅう」

そそり勃ち、放精しているち×ぽの向こうで歩美が笑った。いつものシニカルさは微塵もなく、濡れた瞳は興奮している。真一の手からち×ぽをもらうと、身体をずらして自ら咥えた。ねっとりしゃぶる。舌を絡めて、愛しげに穴を啜る。

歩美は嬉しかった。

互いに愛し、愛されながら、こんなに気持ちが解放されたのは初めてだった。

(フェラチオだけでこんな気持ちになれるのなら……本当に一つになったら、どうなってしまうのかしら……あぁ、なんだかすごく愉しみ……)

思っただけでま×こが濡れた。そんな自分が、ちょっぴり恥ずかしい。

でも、もう歩美は惑わない。姉と自分を比較もしない。

これからは——

もっと素直になれそうな気がする。

4

歩美が精液に噎せた。

「あぁ、気づかないですみません。大丈夫ですか？　ティッシュいりますか？」

真一は目を開くと、あわてて立ちあがろうとした。

歩美が尻を振って真一を止める。花びらから滴が筋を引き、真一の胸に落ちた。

「ありがとう。でも平気よ……あぁ……真一くんの、すごく素敵だったわ……」

股間越しに真一を見て歩美が微笑む。なにかが吹っ切れたような素直な表情になっていて、いつもより幼く見えて可愛かった。

でも歩美が可憐で可愛いだけに、今の真一は後悔が濃い。

「でも、やっぱりごめんなさいです……すごく汚しちゃいました……歩美さんにめちゃくちゃ興奮しちゃったから……そんなの言い訳になりませんけど」

真一の歓喜のありったけを、歩美は裸身で受け止めていた。

一撃目を受け止めた口元は、呑みきれなかったものでぐちょ濡れ、形のいい唇は、白いルージュで粘ついている。その後は、抜きながら真一は放ったから、口元から喉、おっぱい、お腹、茂み、果ては腿や膝にまで、精液の滴が飛び散っていた。いかに二週間ぶりとはいえ、大量射精にもほどがある。

「初めてなのに、こんな失礼な射精をしてしまって……本当にすみません」

平身低頭の真一に、起きあがった歩美が微笑みかける。濡れた裸身から、栗花の薫りが濃厚に立ちのぼってくる。

「謝らなくていいのよ。だって私、本当に嬉しいの……真一くんにしてもらったおかげで、少しは自分に自信が持てたんですもの」

そう言うと、歩美は俯き、精液まみれの乳房を見て、嬉しそうに笑った。

「自信が持てた……今まで持ってなかったんですか？　こんなに綺麗なのにですか？　こんなにおっぱいがおっきいのにですか？　こんなにエッチなのにですか？」

驚きを隠さぬ真一を見て、歩美は困ったような表情になって、やがて美貌に苦笑を浮かべてみせた。

「褒めてくれて嬉しいわ。ありがと。でもね、できた姉を二人も持つと、妹はいろいろ苦労するものなのよ」

「そんなものなんですか……ふうん……僕は一人っ子だからよくわからないけど」

そう言われても、真一はやっぱり納得できなかった。四姉妹は、それぞれがみな美しく、魅力に溢れている。誰が一番とか、そういう話じゃない。靖子が一番の真一とてそれは同じだ。だからこうして……と、うっかり思って、真一の心が小さく痛む。

歩美の魅力に負けてしまった……と、思う真一は、その自己欺瞞に気づいている。

本当は、欲望に負けたに過ぎない。歩美は確かに魅力的だけれど、彼女を求めたのは、他ならぬ真一自身だった。

（靖子さんが一番とか言ってるくせにこれだもんな……嫌われるのも無理ないよ）

同時に、歩美にも申し訳なくなる。今の真一の気持ちを彼女が知ったら、軽蔑するに決まっている。

考えこんでいる真一に気づくと、こっちに来て……と、歩美が手を差し伸べてきた。

「そんなことより……あん、真一くんも、おザーメンでどろどろになってるわ……気持ち悪いでしょう？……ぱくん……ねろん……拭ってあげます……じとお」

歩美は、仰向けにした真一の脚を開くと、股間に俯きち×ぽを咥えた。薄くて品のいい理知的な唇が、白く汚れたち×ぽを咥えている様はとても素敵だ。

「ひい……そ、そう言う歩美さんのおま×こだって、エッチなお汁でぐちゃぐちゃです……ぬちゅ……あぁ、いやらしい味……」

ねっとり甘い歩美の舌に、早くも腰を震わせながら、真一はその裸身の向きを変えさせ、ふたたび性器舐めっこの体勢になる。罪悪感は去っていないが、こんな素敵な歩美を見たら、男の真一に抗う術などありはしない。

「ほら、アクメ汁がこんなに漏れて……穴も入口も茂みもぐっちょりです……くちゅ……じゅるう……いつの間にかイってたんですね？……じゅぷっ、ぐぢょぐぽ」

濡れたま×こを大きく開き、夢中で真一は、手当たり次第に舐め回す。

「やん、しないで。アクメま×こは舐め舐め禁止……くふ！……恥ずかしいの……見られるだけでもなのに……舐められるなんて……ひん……突っこまないで……く」

敏感になっている粘膜を刺激され、堪らず歩美が尻を揺らす。でも、すぐに負けじとち×ぽを咥え、いっそう淫らな舌をぬめらす。

「あ、歩美さんこそ、僕のち×ぽに、そんなにねっとり舌を絡めてるじゃないですか……うう！　あ、まだ強くしないで……直後は敏感なんです……ひい」

「あん、そうね、お射精したばかりなのよね……んちゅう、じゅるう……その割にはぜんぜん萎んでないから……ねろん、くちゃ。みちゅじゅぽ。ぬぷう……あん、新しいお汁がもうこんなに……ずずう」

浅く咥えた亀頭を、音を立てて吸って笑う歩美は、すっかり大人の女性の趣きで、濡れた裸身とま×こも相まって、真一をますます勃起させてしまう。

「あぁ……うう……歩美さんのおしゃぶり……堪らないですう……気持ちいい」

負けじとま×こを舐めながら、真一は早くも腰を突きあげている。本当はもちろん、別のところに突きあげたいが、靖子への気持ちの手前、それを言い出す勇気はない。

そんな真一のジレンマに、もちろん歩美は気づいている。

「あん、正直に言いなさい。そろそろおま×こに入れたいんじゃないの？　あなたの腰の感じでわかるのよ？　これでもちょっぴりは経験があるから、そういう時の男性の気持ちくらいわかるのよ？」

ねろん、くちゃくちゅ。じゅるう……と、真一の欲情を煽るような舌と唇を、これ見よがしに遣いながら、ま×こ越しに歩美が訊いた。

もちろん真一は堪らぬ。

「はい……でも……あぁ……いやらしい舐め方……入れたい、ですけど……うう」

（歩美さんにも靖子さんにも申し訳なくて、これ以上勝手な真似はできないよ……あぁ、でも……入れたい……いや、そんなのダメだ……でも……うう）

葛藤する真一をよそに、歩美の愛撫はますます甘くなるばかり。いっそこのままた口に……などと思うも、やっぱりそれも申し訳なくて、真一はただただ、快感の溜め息を漏らしつづける。

煮えきらない態度に、歩美が少し怒った風情で、ま×こ越しに真一を見る。

「正直になりなさいって言わなかったかしら？　私に遠慮なんかしなくてもいいのよ。それとも、やっぱり靖子姉さんに申し訳ない？」

いきなり訊かれて固まった。

「ど、どうしてそれを？……あ、未佳子さんに聞いたんですね？　あれほど言わないって約束してくれたのに……」

真顔で真一に言われて、堪らず歩美は吹き出した。

「誰に聞くまでもないわ。真一くんの気持ちなんて、みんなとっくに気づいているのよ？……秘密にできていると思ってたの？　ぷっ。ふふ……馬鹿みたい……ふふ」

「ば、馬鹿みたいはないじゃないですか……もう、歩美さんたらひどいや」

淫らな空気が少し薄れて、真一は不満げに頬を膨らませた。確かに嘘は得意じゃないけど、まさかみんなに気づかれていたとは……。

（そんなに僕って、思ってることが顔に出てるのかな？……だとしたら、当の靖子さんも僕の気持ちを知ってるんじゃ？……それなのにあの態度ということは……ひょっとして、もう絶望かも……）

ダメもとで告白どころか、これではもう、靖子と二人きりになる勇気すら真一にはない。こんなことなら、あの時に強引にでも求めておけばよかった……などと、半ば自棄で思ったけれど、無論、そんなのは後の祭りだ、結局、できることはといえば、募る想いを持て余すだけ。

だったけれど──

「あうっ」

想いは一瞬で断ち切られた。

ち×ぽにぬめりを真一は感じた。

「あ、歩美……さん……うう」

歩美が真一を咥えている。根元を握って、緩やかにしごきながら、咥えた亀頭に頭を振っている。萎みかけた真一が、みるみる元気を取り戻していく。

真一の回復を唇で察して、やがて歩美が静かに抜いた。

「ねぇ、あなたの気持ちもわからないではないけれど、裸の女を前にして、いつまでもそういう顔をしているのは失礼じゃないかしら?」

そこは年上の歩美だから、真一の本当の気持ちには、あえて気づかぬ振りをして、自ら裸身を横たえた。Mの形に脚を開いて、濡れた茂みに手を添える。

「あなたのおち×ぽを私にちょうだい。あなたが靖子姉さんを想っていても構わないの。姉さんの半分でも、私のことを想っていてくれればそれで……」

含羞した美貌で真一を見上げながら、歩美は自ら粘膜を晒した。くぱあ……と、女汁を伸ばしながら膣口がほころび、歩美の気持ちを代弁する。

「ほら、私だってあなたを欲しくなっているのよ？　少しは察して欲しいわ」

「あ、あぁ、歩美さんたら……ま×こがすっかりぬちょぬちょになって……僕も歩美さんが欲しいです……勝手なこと言ってごめんなさい。でも、あぁ……入れたい」

開いた女の口から、おねだりの汁が垂れるのを見て、思わず真一は自分でしごきはじめてしまう。歩美の優しさが素直に真一は嬉しかった。こんな素敵な女性を前にして、一瞬でも気を逸らした自分を責める。

歩美に気持ちを集中させる。さほど難しくはなかった。

「なんて素敵なおま×こなんだろう……本当に素敵です……あぁ……ここに入れられるなんて感動です」

しごきながら、歩美の股間に膝で近づき、濡れた女口に切っ先を向ける。その距離、わずか十センチ足らず。

「私もすごく興奮してるの……あん、ま×こに感じちゃう……あなたの熱を……あぁ、早く来て。もう我慢できない……それとも、女を焦らして愉しんでいるの？」

互いの性器を見つめながら、泣きそうな顔で歩美がねだる。普段の冷静さは消え去っている。腰がずれてきて、距離がどんどん縮まっていく。歩美の毛先が穴に触れて真一がうめく。

「た、愉しんでなんかいません。それどころか……あぁ、ほ、本当にいいんですね？歩美さんに入れても……あぁ、入れますよ？　おま×こ、しますよ？」

言いながら真一はま×こに近づいている。無言で頷く歩美を、目の隅で意識した頃には、亀頭でま×このぬめりを感じて、二人が同時に甘声を漏らす。

そこから先は二人とも夢中だ。

「ああ……く……は、ひって……ち×ぽ……ま×こに……ま×こが……ち×ぽを」

「ひん……ふと……ひい……ぐ……裂け……そう……ま×こ……まん、こ……ひ」

互いの目を見つめながら、二人は性器で一つになっていく。くちゃ、ぬちゅ、じゅぶぐぢょ……と、歩美のま×こが泣くのに合わせて、二人の嗚咽が後を追う。

大人の二人である。その気になれば話は早い。

男女の茂みはほどなく絡まり、ま×こにち×ぽが根元まで刺さる。

「あ……く……うう……ぬめって、ますう……うぐ」

入れた途端に真一は動けなくなる。一度放っているとはいえ、二週間ぶりのま×この甘さは生半可ではない。歩美が素晴らしいのは言うまでもなく、ねっとりとした襞の蠢きを、ち×ぽの根元から小便の穴まで、くまなく真一は感じている。

歩美の顔色が変わっている。

「か、かたひ……かたひの……が、がちんがちんのが……刺さってる……あぁ、破けちゃいそう……はあ、ふう、ひぃ……すうう……はぁあ……あぁ、呼吸もつらい」

久しぶりの挿入には、真一はあまり適していない。でも、そこは大人の歩美のこと、ゆっくり深呼吸を繰り返し、ま×この緊張を解いていく。そんな歩美を察して、真一の腰はとても優しい。

二人の弾む息遣い。男女の性器のぬめる音。次第に大きく、滑らかになる。

「あぁ……経験が少ないなんて本当ですか？……うう……歩美さんのま×こ、ずぼずぼするたびに、すごくいやらしい感じにち×ぽを迎えてくれてます……ぐ……溶けそうにいい……最高です」

真一の顔はすっかり汗に濡れている。経験の量はともかくとして、歩美はとても狭くてぬめる。未佳子の甘い感じも素敵だったけれど、こういうま×こも真一は大好きだ。

歩美の美貌も汗まみれだ。

「う、嘘なんかついてない……ひっ、当たる……あ、あなたが素敵すぎるのがいけないんだわ……だから私……あぁ！　ふ、深い！　こんなに！　ひ……ぐちょ濡れ」

真一の逞しさのあまり、感極まって唇を噛む。汗ばんだ白い乳房はうっすら朱が差し、乳輪ごと勃起している。

「あぁ、おっぱいも素敵になってるぅ……ちゅぱっ。れろれろ。ぬめぇ。くちゅ」

男の両手にあまるほどの巨乳に、真一は顔ごと突っこんでいくと、勃起しきった乳首を音を立てて吸いまくる。吸いまくりながら腰を遣う。ますます感じる。

それは歩美も同じこと。

「いやん、入れながら舐められると私……あぁ私……わたし……イクぅ」

おっぱいに突っ伏している真一の頭を抱きしめながら歩美が旅立つ。巨乳は鈍感というのは嘘で、歩美のおっぱいは、本人が恥ずかしくなるほど感じやすい。イキながら無意識に真一の腰を脚で抱いて、いっそう深い結合をねだる。アクメのぬめりが、ま×こをどんどんよくしている。

「くひい……ぐ……はふう……あぁ、こんなことって……久しぶりなのにこんな……ひぐ……ふ、深いところが……よくてよくて……あぁ恥ずかしいイク」

羞恥と歓喜に染まった美貌で、立てつづけに歩美が旅立つ。真一の首にしがみつき、息を殺して天に召される。ち×ぽも顔負けに勃起した乳首が、真一の胸を心地よくくすぐる。

歩美の興奮に煽られるように、真一もどんどん余裕を失っている。

「あぁ……ぐ……ひ……ど、どうしよう、僕、もう……あぁ、さっき出したばかりなのにどうしてだ？　あぁ、ま×こぬめってます……だから……ぐ……めっちゃいい」

昂ぶる気持ちにまかせてち×ぽを振っては、イキそうになって腰を止める。でも、アクメ途中の歩美のま×こは、ますます甘くぬめっているから、動いていなくても真一は出したくて堪らなくなる。

泣きそうな顔で訴える真一を、歩美が、汗まみれの美貌で見つめて微笑む。

「我慢しないでいいのよ。来て。お射精して……私も欲しいわ。あなたの悦びをま×こで感じたいわ……ふふ、こういうセリフ、言ってみたかったの」

ふしだらな自分を誤魔化すみたいに、冗談めかして歩美は言うと、忙しなくなりつつある男の腰に、綺麗な脚を巻きつけて、ぐ……と、ま×こに引き寄せた。わずかにあった余裕が、その表情からみるみる消えていく。

「あ……くふう……刺さってる……奥に……あぁ、私もまた恥ずかしくなりそう」

昂ぶる気持ちを隠すみたいに、歩美は真一の胸に顔を埋める。男の乳首を舐めながら、自ら腰をくねらせてま×こを泣かせる。

「あぁ、そんなことされちゃうと……あぁ……歩美さん……歩美さん……ぼく……うう……もう僕……あぁ、おっぱい気持ちいい……ち×ぽも……溶けちゃう」

もう真一はほとんど動けない。ぶっさり根元まで刺したまま、ぐにぐに腰を蠢かせて、亀頭を子宮口に押しつけている。会陰が痙攣し、玉が攣りあがってくる。

「あん、早くイって……ちゅぱちゅぴくちゅ……うぐ、おち×ぽがますます……あぁん、お射精してぇ！　膣に出してぇ！　一緒によくなりたいの！」

潤んだ瞳で歩美がねだる。ま×こも泣きながらち×ぽにねだる。腰がくねり、乳首をしゃぶる唇が、涎をとめどなく垂らしている。

急速に来た。

「ああイキますウグう！」

最後に大きく腰を遣って真一が爆ぜた。膨れあがった亀頭の先から、白濁汁が大量に噴き出し、歩美の子宮口にぶち当たる。弾けた汁が飛沫となって、火照った歩美のま×こを満たしていく。

歩美がほどなく後を追う。

「あぁ来てる！……真一くんが来てる！……ま×こでわかるの……感じてるのよ……来てる……あぁ……おザーメン……来て……る……ま×こ……いっぱい……いく」

射精された歓びを、うわ言のように繰り返しながら腰を遣い、一際ま×この泡音が高まると同時に、濡れた裸身を硬直させた。

二人は固く固く抱き合い、歓喜の波にその身をまかせていく。

「うう……ぐ……はあ……あぁまだ……出る……出ます……ひ」

上になった真一の尻が、吐精のたびに丸みをくぼめ、会陰がどくどくと脈打たせている。二度目とはいえ、二週間の禁欲もあって、放たれる汁は濃厚で多い。

「す、すごい……真一くんが……震えてる……びくん、びくん、って……あぁ、熱い……ま×こがとっても……しあわせ……」

受け止める歩美は、今は脚を大きく開いて、精液を注がれるままになっている。ち×ぽの形になった淫口の縁からは、膣の満水を知らせるみたいに、白い涎をじくじく漏らす。もちろん歩美は、そんなことはお構いなしで、押し寄せては返す歓喜の波動に、三十路の裸身を漂わせるばかり。あまりの淫らな振舞いを恥じて、後で真一に謝ったほどだ。

二人の歓喜は長くつづいた。

それはそのまま、互いを想う強さでもあった。

だからこそ――

真一は少し後悔している。己の自分勝手な欲望を、申し訳なく思っている。

「……」

腕の中の歩美を見た。汗ばんだ美貌がとっても素敵で見惚れてしまった。

だからこそ――

真一は少し後悔してしまう。歩美のことが好きになっている自分を、申し訳なく思っている。

太陽が高くなっていた。陽射しが部屋に存分に射しこんでいる。暑い。

靖子は今、なにをしているのだろうか。

第二章　誘われるがままに…綱渡りの日替わり姦淫

1

悩みは尽きない。

「ふう……」

靖子はまた溜め息をついた。頬杖をつき、見るとはなしに窓の外に視線を移す。

最近すっかり温かくなった。

気の早い長雨も止んで、ここ一週間は晴天がつづいている。

通りを、Tシャツに半ズボン姿の子供が走っていく。寒がりの靖子ではあるけれど、そろそろ長袖はしまってもいいかもしれない。

「ふう……」

すっきり晴れ渡った五月空とは対照的に、靖子の気持ちは優れない。

後悔しているのだった。

あの時のおしゃぶりを。

驚いてもいるのだった。

自分の突然の行ないを。

そして、ちょっぴり満足もしている。

あの時の真一の快感の印に。とても勢いがあって多かった。

「……ばか」

頬を染めて靖子が恥じる。喉に、熱くて粘っこい感触が甦っている。どきどきしてきた。もっと恥ずかしくなった。

後悔と驚きと、少しの満足の代償は大きい。

すでに一ヶ月。

あれ以来、真一とは会話どころか、目も合わせられなくなっている。二人きりになるのもつい避けてしまうから、靖子の思いとは裏腹に、なかなか関係が修復できない。

「したくなったら私に教えて、なんて言ったくせに……」

そのセリフを思い出すと、靖子は顔から火が出るのを感じる。年甲斐も慎みも、遠慮も分別も、ついでに柄にもないセリフ。どうして言ってしまったのか……。

「ふう……」

溜め息をつく靖子は、もちろん知っている。あの時の暴挙と暴言の理由を。

「あんなことしているのを見れば、私じゃなくたってきっと……」

あの時の二人を思い出し、靖子は強く唇を噛んだ。

あれから一ヶ月。

でも、今もはっきり思い出せる。二人のしていたことを。

靖子の身体が熱くなった。

気持ちがざわめく。他人の愛戯を見たのはもちろん初めてだった。でも、それだけが理由じゃない。

「二人とも、とっても……あん……あんなによ?……洗面所でなんてどうかしてる」

二人は、激しく互いを求め合っていた。歓びの声の二重奏。伴奏はいやらしい濡音。

思い出しただけで、靖子は顔が熱くなるのを感じる。図らずもしてしまった、のぞき見の暗い興奮、そして……たぶん嫉妬の気持ち。

「はあ……」

ざわめいている自分の心を、だから靖子は持て余している。

身体がどんどん火照っていく。

二人に怒っているはずなのに、だから負けない気にもなったのに、まさか自分がこんな風になるなんて――

「はあ……」

真一を呑んだ夜、靖子は眠れなかった。

激しい後悔が第一の理由。妹への怒りもかなり。むろん嫉妬も。そして……歓び。

あの夜、靖子は、今さらのように、自分の中の女を悟った。

夜半過ぎまで眠れなかった。

でも、事が済むと、むしろいつもより深い眠りに落ちた。

あの日、靖子は二度、女になった。朝に真一を咥え、嚥下し、夜には独りで、自分が女であることを久しぶりに実感した。

あの時の真一を想いながら靖子は自慰をした。こっそりと歓びに咽び泣いた。

指と、ぬめりと、硬く膨らんだ淫核の感触が、靖子を虜にしたのだった。

こんなこと、未亡人になって初めてだった。

「あぁ、私っていやらしい女だったのね。いけないことをしたうえに……はあ」

あれから一ヶ月が過ぎている。

「本当に来てくれるかしら？……私がこんな態度じゃダメに決まってるわ……じゃ、前みたいに優しくしたら？……あん、そんなこと恥ずかしくてできない」

靖子はちょっぴり心配している。

真一への暴挙の理由が、妹への対抗心だけじゃないことくらいは、肝心のあの子は気づいているのだろうか？……

「好きじゃなかったら、あんなことするわけがないでしょう？……そういう女の気持ちが、あなたにわかって？……未亡人だからって、ああいうことが簡単にできるわけじゃないのよ？……」

そこまで思ってはたと気づく。

「もしかして、嫌われてしまったのかしら？　だって、あんなに乱暴におしゃぶりをしたんだもの、遊んでる女だと思われたって不思議じゃない……そのうえ、この一ヶ月の私の態度と来たらもう……いくら恥ずかしいからって……はあ」

靖子の溜め息と悩みは尽きない。自分一人で考えたって、答えは出るはずもないのに、それはわかっていることなのに、それを真一に訊くわけにもいかず、だから靖子にできるのは、こうして溜め息をつくことばかり——

「はあ……」

「これで十二回目よ？　しかも十分間に。どうしたの？　病気？」

一人のはずのリビングに声がした。

声のする方を見るまでもなかった。それに、見たくもない。

「うるさいわね。溜め息ぐらい好きにつかせて。数えてたの？　馬鹿な子」

未佳子を見ないで靖子は言った。あのとき以来、靖子は未佳子もまともに見てない。

真一とは違い、見れないのではなく、見たくないのだ。

「馬鹿だけ余計よ。これでも心配しているのよ？　姉思いのいい妹でしょ？」

そんな姉の気持ちを知ってか知らずか、未佳子はまったく屈託がない。不機嫌を隠さぬ姉を、むしろ愉しそうに見つめているが、もちろん靖子は気づかない。未佳子とは、もう金輪際、目を合わさないことに決めている。

理由は言わずもがな。

今もはっきり思い出す。二人のしていたことを。

あの日——

階段を降りる途中で、すでに異変を靖子は感じた。声がした。

それでもまさかと思っていた。中を覗きこむまでは。

無意識に、足を忍ばせ洗面所の前に立った。ちょっぴりドアが開いていたのは、靖子にとってよかったのか悪かったのか。

覗く前から気づいていた。

でも、実際に見た靖子は、やっぱりひどく驚いた。

後のことはよくは憶えていない。

そして未佳子に怒っている。真一にはちょっぴり。怒りの量に差があるのは、もちろん靖子が女だからだ。

(それに、この子が誘ったに違いないもの。なによ、ちょっとモテるからって、真一さんみたいな子にまで手を出すなんて……)

ズルいわ……と、靖子はうっかり声に出してしまった。てっきり真一は、未佳子の趣味じゃないと思っていた靖子だったから。

「？　いまなにか言った？」

「知りません。言ったとしても教えてあげない」

あくまで意固地な姉に、未佳子が苦笑してみせる。もちろん靖子は気づかない。いや、気づいているのだけれど、見ていない振りをしている。こと恋愛となると、次女に長女は頭があがらぬ。中学時代からずっとだ。

「ところでさ、最近、ぜんぜん目を合わせようとしないけどどうして？」

「自分の胸に訊いてみたら?」

「?……姉さんが真一くんを見ない理由を? わかるわけないじゃない。それとも、私にも関係があることなのかしら?……」

思わせぶりな妹の声音が、靖子を首まで赤くさせる。

「な、なによ、そっちのことを言ってたの? 真一さんのことはあなたとは関係ありませんっ。それに私が無視してるのはあなた……ま、ともかくとにかく、断っておきますけど、私、真一さんのこと無視してないから!」

「そう? だったら私の勘違いね……ふうん……そうなの……無視してないのか……そうよね、彼の部屋を掃除してあげたり、居候仕事をこっそり手伝ったりしている姉さんだものね。無視するわけないか……」

思わせぶりに未佳子は笑った。

「……」

靖子は黙っているしかない。すっかり全部見られていた。

(相変わらず、こういうことには聡い子だわ……昔からそうだったのよね。学生時代に私が気にしている男子とかも、ずばずば当てられちゃって……あぁん)

靖子は俯いた。違う意味で妹が見れない。真一同様、隠し事が苦手な靖子はしかし、そんな自分に気づいていない。そういうところも二人は似ていなくもない。

それはともかく――

陽射しの眩しい土曜である。

家の中は静かだった。

麻紀は友達に会いに出かけた。もちろん女の友達だ。歩美は仕事。週末の図書館は忙しい。真一は……最近スケジュールを聞いてない。未佳子ちゃん？　お好きにどうぞ！

未佳子が靖子に近づいてきた。向かいのソファに座った。手にしたカップを口につける。コーヒーは、さっき靖子が淹れたものだ。なによ、勝手に飲んで！

窓の外を靖子は見ている。色々な意味で妹に怒っている。あの日の淫らさに怒っている。想いを見透かされたことに腹を立てている。もちろん、不甲斐ない自分に一番怒っているのだけれど。いい歳をして、気持ちを伝えることもできないなんて！

いきなり未佳子が訊いてきた。

「もう何年経ったんだっけ？　八年よね？　お姉ちゃんが三十の時だから」

「……わかってるなら訊かないで」

出張先での交通事故だった。あまりに突然でもあった。すぐには受け入れられなかった。靖子はそれ以来運転をやめた。

未佳子はそれきり少し黙った。コーヒーを口に運び、姉を見る。

「そろそろいいんじゃない」

「そろそろってなにがよ?」

姉は相変わらず、妹を見ない。でも実は、そんな自分にちょっぴり嫌気が差してもいる。こういう時だった。妹の屈託のなさに憧れるのは。

「なにがって……わかってるくせに。そろそろ未亡人を卒業してもいいんじゃない、って言ってるのよ」

「そつぎょう? あら、私、別にそういうつもりで独身でいるんじゃないのよ? なかなかいい人に巡りあわないし、毎日色々忙しいし、それに……もういい歳だもの」

姉の言葉を、妹はコーヒーを口に運びながら聞いていた。カップをテーブルに置く。

「いい人に巡りあえないのは外に出ないからだし、毎日忙しいっていうのは単に言い訳じゃない。その気になれば、時間なんていくらでも作れるものよ? いい歳っていうのは賛成だわ。アラフォーは、結婚するにはいい年齢だもの」

違うかな?……と、少し真面目に妹に訊かれて、靖子は言葉につまってしまった。

妹はこれで案外慧眼なことを、姉の靖子はよく知っている。

「……あなた、いったいなにが言いたいのよ」

だから靖子は誤魔化した。怒った振りをして矛先をかわそうとした。

未亡人を引きずっているつもりはないし、亡夫のことは吹っ切れてもいる。

でも、妹の言う通り、どこかで腰が引けている。愛する人を失った記憶は、靖子を未亡人たらしめている本質的な理由だった。

つまりは怖いのだ。また失いやしないかと。

愛する人に死なれることは、単なる別れとはわけが違う。その衝撃は大きく、しかも長くつづく。仲のいい夫婦ならなおさらのこと——

「……」

そんな姉を、妹は黙って見つめていた。真一とのことはさておき、未佳子は姉思いのいい妹だ。

「……勇気を出して。せっかくのチャンスよ?」

やがてそう言うと、ちょっぴり悪戯な目になって、未佳子は、ちらり……と、上を見た。真一の部屋は二階だ。

靖子の顔色が変わる。

「ち、ちょっとなによその目はっ。私はそんなつもりであの子をここに置いてるわけじゃない……あ、待ちなさいっ。変な勘繰りしないでよっ。未佳子、未佳子ったら！」

「はいはい、わかってます。姉さんは博愛精神の持ち主なのよね？　それはそうと私、これから出かけるわ。今日は遅くなるからご飯はいらないわよ」

顔を赤くし、猛然と言い返す姉を、軽い笑いと手振りで妹はあしらい、さっさと居間を後にした。

残された靖子は収まらない。妹の言い草に。的を射ているだけに、なおさら無性に腹が立つ。

「……そういう思わせぶりなことを言うくらいなら、だったらどうしてあんな真似をしたのよっ。おかげで私まであんな恥ずかしいことを……」

あの時のことを思い出し、怒り、羞恥しながら、ふと気づいた。

理由はどうあれ、靖子は一歩、踏み出している。

2

土曜の図書館は騒がしかった。

　自動ドアが開くなり、いきなり子供が飛び出てきて、危うく真一は転がされるところだった。

「今はＤＶＤとかも見れるから、メディア視聴室の辺りは仕方ないの。家族連れが映画館代わりにけっこう来るのよ。お金もほとんどかからないし……そんなことより……あん……嫌だって言ってた割には……もうびんびん」

　真一の前に跪いている歩美が、ち×ぽ越しに微笑む。口元はもう涎まみれで、ブラウスの襟がちょっと濡れている。

「歩美さんがいけないんです。こんなところで、こんなに激しくするんだもの……あぁ、ち×ぽがますますぬめぬめになって……いやらしい」

　汚れたブラウスが真一は少し心配だった。この後に戻って、同僚に変に思われたらどうするつもりなのだろうか。

「私のこと心配してくれてるのね？　ありがとう。だったらもうおしゃぶりはやめにしましょうか？……じゅぷう……ねろん……どうする？　だらり……くちゃ」

　言ってるそばから、垂れるのも構わずに、涎を糸引かせながらち×ぽを抜くと、大きく長く伸ばした舌を、真一のそこら中に擦りつける。ぬとお……と、根元からねっとりと舐めあがり、穴下にくすぐるような舌を遣う。

「確かに真一くんの言う通りよね……ぬぽっぬぴ……呑んだりしたら、お口に匂いが残ってしまうわ……にゅぽっ、ぬぷ……あぁ、でも呑みたいかも……熱くて濃いあたのが……真一くんだって、本当は私に呑ませたいんでしょう？」

穴下を、ちろ。ちろちろちろ……小刻みに舐めながら、濡れち×ぽ越しに真一のことを見つめる。家での歩美とは違って、ナチュラルメイクを施された美貌は、せっかく塗られた上品なルージュを、涎でもうぼやかせてしまっている。

「あぁ、なんていやらしい顔でち×ぽを……く……ひ……あぁ」

図書館という場所にそぐわぬ猛烈な色っぽさに、危うく真一は出しそうになる。

「はん……いまおち×ぽがびくびくってしたわ……くちゅ。出したかったのね？　よかったのに……ぱくり……はむ……じゅぷ。ぐぢゅぐぢゅう……んふう」

射精の予兆に震えるち×ぽに歩美は微笑み、なおいっそうの天然の甘露を、尖らせた朱唇から先っぽに垂らすと、深くねっとり咥えていく。

「あぁ、またそんなに……ここがどこだか、歩美さん、忘れちゃったんですか？」

高い書架が並んでいる図書室の片隅で、二人は愛に耽っている。

ち×ぽの前に歩美が跪いている。その頭を優しく真一は抱え、彼女の素敵な口元を見ている。

歩美の職場を訪れたのは、今日が真一は初めてだ。

歩美の部屋で交わってから、すでに半月以上が過ぎていた。

その間も、二人は逢瀬を重ねている。他のみんなにはもちろん内緒だ。

秘密の蜜戯は二人を昂ぶらせずにはいなかった。

二日と空けずに二人は交わり、時には朝まで、同じベッドにいることもあった。

もちろん、真一は靖子に申し訳なかった。未佳子にも同じ気持ちだった。でも、交わるほどに女の魅力を増していく歩美がとても素敵で、真一は誘惑に抗えなかった。

もっとも、歩美の素敵に見惚れた翌朝、食卓で靖子と会って後悔するのが、最近の真一の常ではある。靖子は今でも真一を無視している。それがせめてもの救いになるとは皮肉だった。

それはともかく――

はじめの頃は、二人は互いの部屋で会っていた。深夜とか、休みで誰もいない時とか。もちろん、他の三人に気づかれるのが怖かったからだ。いつだったか、歩美の部屋で一つになっていた時に麻紀にドアをノックされ、二人は大いにあわてたものだ。

しかも折悪しくも、歩美はアクメ寸前だったから、麻紀に応対する声が裏返ったり震えたりしてかなり怪しまれた。気づかずに済んだのはある意味奇跡だ。

ところが——

そんなピンチもあったというのに、この頃の歩美ときたら、まったく大胆極まりなくて、最近では真一の方がたじたじの有様だった。昨日の夜は、入浴中に来るように言われて、誰かに気づかれやしないかと、生きた心地がしなかった。

「あなたが私を変えてしまったのよ？　真一くんのおかげで、女であることに自信が持てるようになったの。本当に感謝しているわ。真一くん、今の私を、姉さんたちに見せたいくらいよ……あぁ、もっと動いて……あっ、あぁいい……ま×こ溶けそう」

泡だらけの裸身で真一に跨り、自ら腰をくねらせながら、そう言って歩美は艶然と微笑むと、ま×この歓びに没頭していったのだ。

図書館の喧騒も、二人がいるここでは微かだ。特別資料室とやらで、入るには許可が必要らしい。

昨日は泡だらけだった歩美は、今日はシックなスーツ姿で真一をしゃぶっている。こういう姿の歩美をち×ぽ越しに見ている真一は、職場で愛されていることを実感している。スカートから伸びている、黒いストッキングに包まれた脚も、いつにも増して美しく見える。

「昨日はあっさりイカされてしまったから……むちゅう……じゅぼじゅぴ……今日はあなたの番よ？……我慢できないくらいによくしてあげる……あげたい……ちゅ」

舐めながら、恥ずかしそうに歩美が笑った。

昨夜、泡だらけで跨ってきた歩美は、真一に突きあげられると、一分ともたずに逝ってしまった。

家のあちこちで、こっそり交わっている時の歩美は、ひどく感度が鋭くなる。昨夜のように一分ともたないのは普通で、その代わりといってはなんだけれど、つづけざまに気をやる。十分足らずの交わりで、十回アクメしたこともある。

それはもちろん真一も同じだ。秘め事の常で、いけない状況になればなるほど興奮してしまう。

数日前に、誰かがリビングにいるのを知りながら、ドアを開けたまま洗面所で交わった時は、入れた瞬間に出してしまって、イク暇がなかったわ……と、歩美に鼻を鳴らされた。欲求不満の歩美のために、真一は抜かずに二度目に突入した。ただし、安心のために、ハメたまま二階にあがった歩美の部屋でだ。

今の二人は火遊びに夢中だ。いつかは誰かに見られるのではないか……と、もちろん真一は心配をしている。万一、靖子に見られたら……と、思うだけで、冷たいものが背筋に走る。でも、魅力と誘惑に満ちた歩美に握られるともうダメ、真一は一気に夢中になってしまうのだった。

そうでなければ、こんなところで愛し合ったりはしない。

理知的な歩美の美貌は、スーツ姿がよく似合うし、整然としたこの部屋の雰囲気とのギャップも相まって、いつにも増して真一を昂ぶらせている。

「あぁ、またそんな風に舐めて……昨日は僕だってすぐ射精したんだからあいこ……ねぇ、これ以上ブラウスを汚しちゃうと、本当に怪しまれますよ？……うう……」

歩美に注意しながら、真一の腰の振幅も次第に大きくなっている。じゅぶ、じゅぶじゅぶう……ぐぢ。ずる、り……ぐぢょぐぢゅう……と、張りつめた茎と亀頭が朱唇を行き来し、大量のぬめりを喉元に垂らせる。これ以上つづけると、歩美は着替えなければいけなくなる。

「あぁ、歩美さん、もうフェラはやめた方がいいです。汚れちゃう」

抜こうとすると——

「あんっ……あふ。じゅる……ダメ。イクまで許してあげなあい……じゅぽん。ぬちゅう……ちろちろ……ほら、私のためにも早く……ちゅばっちゅび……放って。フェラ終わりにさせて……ぐぽぐぴ」

真一の腰を抱えて抜くのを許さず、歩美は美唇を、いっそうち×ぽに寄り添わせ、乱れる髪も厭わずに、射精のために頭を揺らす。吸いこむ頬にち×ぽが浮き彫りになり、くぐもった泡音も大きくなる。

さいきん真一は、歩美が優しい女性なのを痛感している。

その優しさが最大限に発揮されるのが、愛の行為の時なのは言うまでもない。いつも真一は、それをち×ぽで実感している。

何度もイってへろへろになっても、真一が放つまで、歩美は腰を決して止めない。真一が顔や口内に放って、呼吸もままならない状態に陥っても、ち×ぽが吐精をやめるまで、歩美はおしゃぶりをやめはしない。

だから今も、歩美に甘えることに決めた。その方が歩美も喜んでくれるし、もちろん真一だって気持ちがいい。

「じ、じゃイキますからね？　このまま歩美さんのおしゃぶりで僕……ぐ……し、射精します……あぁ、口ま×こぬめるぅ」

歩美の頭を抱えると、真一は大きく腰を遣っていく。抜ける寸前までち×ぽを引き抜き、根元間近まで突っこむのを繰り返す。めくれる朱唇が涎を垂らし、ルージュの滲んだ口角を、ぬめりと泡とで新たに彩る。

「んふう……んぐ。あふ……くちゃくちゅ。どんどん硬く……みちゃ……れろ」

すっかり乱れた髪を頬に張りつかせている歩美は、ここがどこかを忘れている。唇を締めつけ、茎や亀頭を内頬でしごき、裏筋に濡れた舌をぬめらせる。上目遣いで真一を見ている。早く欲しいとねだっている。

「あぁ、歩美さんたら、なんていやらしい顔をしてち×ぽを……あ……く……ひ」

ち×ぽをしゃぶる歩美の唇と、とろんと潤んだ瞳を見ながら、真一はち×ぽに鞭を入れた。亀頭が張りつめ、茎が筋ばる。激しい抜き刺しに耽る腰が、背後の書架にぶつかって、乗っている本ががたがた震える。

ほどなく――

「あ……くふう」

低くうめいて真一は放った。いつもみたいな声は出せない。

でも、気持ちを押し殺した分だけ、先から噴き出る勢いは激しい。遡っていく精液が尿道を太くし、どくん、びゅる……と、野太いち×ぽを脈打たせる。

頬を真っ赤に染めた歩美が、夢中で汁を啜っている。

「んふう……はふうん……んぐ……くちゃ。ぬちゅう……はう」

可憐な鼻息をこぼしながら、きゅっ……と、健気に唇を締めて、口いっぱいに歩美は放たれていない。白くて細い喉が震える。しかし、嚥下はとうてい間に合っていない。ち×ぽを伝って垂れる汁が、跪いている歩美の腿に、粘った雨となって落ちては、黒いストッキングに染みていく。

「あん、すっかりべとべとになってしまって……ぐちゅう。じゅる」

垂れる汁を指で受け止め、それも歩美は咥えて啜る。ち×ぽを咥えたままだから、穴から噴き出る汁がこぼれて、むしろストッキングを汚してしまう。

「仕方がないから、後で新しいの買ってこよう……ついでだから脱ぐわ。暑いの」

そう言うと、歩美はおしゃぶりをしながら腰をあげ、濡れたストッキングを脱いでいく。ち×ぽに屈んだままの歩美の、露わになった尻たぶはすでに汗ばみ、芳しい女の薫りを股間から立ちのぼらせた。

「あぁ、汗ばんだお尻、すごく色っぽいです……パンティもついでに脱いじゃいましょうよ」

スーツの背中の向こうに見える艶やかな丸みを揉みしだきながら、真一は歩美のパンティに指をかけた。腰を突き出さないように注意をする。歩美がまだ咥えている。

「あん、エッチ。こんなところで下半身を晒せというの？……やだ、すうすうする」

怒ったように言うのは、もちろん歩美の照れ隠し、腰を揺らして脱がす手助けをしながら、濡れたま×こに気づいて恥じらう。

「さあ、今度は歩美さんの番です。僕のち×ぽで、うんとよくなってくださいね？」

まだしゃぶっている歩美を起こすと、その耳元に囁きながら、真一は立位で、放ったばかりのち×ぽを入れていく。場所が場所だ。興奮しきっている。

「見えますか？　僕のち×ぽが歩美さんに……あぁ、相変わらず狭くて熱いよお」

俯かせた歩美の眼下に、一つになっていく二人を見せつけながら、真一はゆっくり速やかに腰を突きあげていく。

火照った歩美の美貌。女膣に刺さっていくち×ぽを見つめながら、その表情がみるみる蕩けていく。

「見えるわ……あ……く……ふううう……あぁ、来てる。太いあなたが……じゅぶじゅぶ。ぐちゃって……あ……ひ……ま×こ……」

刺さるう……と、甘えた声でうめきながら、歩美は、爪先立ちで真一の首っ玉にしがみつく。身長差があるから、そうしないと子宮まで貫かれてしまう。スカートはまくりあげられ、真っ白い尻丘には、真一の手指が食いこんでいる。

「あぁ、ま×こがとってもぬめぬめになってます……おしゃぶりしながら濡れちゃったんですね？　ちゃんと見てください。僕のち×ぽ、もうこんなにぬとぬとですよ？　それに、ほら、音もこんなに……」

　言いながら、大きく腰を突きあげて、刺さるち×ぽでま×こを泣かす。ぐぽっ、ぶぴっ。ぶぱっ、ぬぷっ。突きあげながら、ま×こを根元に叩きつけるように動かしているから、挿入の深さと勢いは格別、立位の歩美は、いつも漏らすほど感じてしまう。

　もちろん今も例外じゃない。

「あぁ、こ、こんなに奥まで来ちゃうと……ひん！　だめ……んぐう！　こ、声が出ちゃう！　あぁ！　ま×こ来てる！　真一くんのち×ぽ来てるう」

　泣きべそ顔になりながら、はしたない声をあげてしまう歩美は、ここが職場であることもすっかりどうでもよくなっている。抜けては刺さるち×ぽを見ながら、なおさら感じてま×こを震わす。いっそう高くなった声は、静かな室内にかなり大きく響いてしまうが、歩美にやめる気はなさそうだ。

「あぁ、歩美さんのおっぱい舐めたい。乳首をちゅうちゅうさせてください」

　突きあげるたびに、ブラウスの中で揺れる乳房に我慢できずに、真一はボタンを外しにかかった。露わになった胸元は、今日は仕事だというのに、ブラのカップが極小で、すでに乳房はほとんど丸見えになっている。

「あん、そんな乱暴にしないで……ブラウスが皺になっちゃう」

乱れた胸元に、大きな乳房をまろび出させた歩美が、小さくあえぎ声をこぼしながら真一のことを見上げる。恥ずかしそうな、それでいて欲情に染まった美貌の下で、ち×ぽの抜き刺しのリズムで乳房が揺れている。

「あぁ、顔もおっぱいもすごく素敵です！　はむ。くちゅ。ちゅぱちゅぴ。れろお」

辛抱堪らず真一は、激しくま×こを愛しながら、乳房に顔を埋めていく。勃起乳首をいきなり咥え、音を立てて吸いあげる。乳房の甘さを感じたせいで、ち×ぽもますます硬く勃起し、歩美の濡れた膣口に、派手な濡汁音を響かせている。

上下同時の歓びに、爪先立ちの歩美の脚がぷるぷる震え、今にもち×ぽに串刺しになりそう。

「ひん、強すぎ……おっぱいちゅうちゅうが……うぐ……お、おち×ぽ刺さるぅ」

いつもなら、真一の首にしがみつくのだけれど、おっぱいを舐められていてはそうもいかず、仕方なく、後ろの書架に寄りかかり、崩れ落ちるのを堪えている。いっそう硬直したもので、激しく愛されているま×こは、歓喜の汁をだだ漏れにして、内腿に沿って筋を引いている。ストッキングを脱いでいてよかった。

普段なら、このまま一時間は愉しむ。でも、ここではそうもいかないことを、もちろん二人は知っている。

「あぁ、名残惜しいですけど……そろそろ……いいですか？」

言いながら、真一は腰を速めていく。気持ちはすっかり射精に向かっている。急速に感じてくる。

「あん、このまま膣に放って。漏れてきたって平気よ。パンティの替えが引き出しに入ってるの。あ、こういう時のためじゃないのよ？　女には色々……あん、そんなことはどうでもいいからあ……ひん、ますますおっきくなってる……早くお願い」

歩美が職場で膣出しをねだる。甘えたように濡れた瞳が、三十路の美貌を艶やかに彩る。

「あぁ！　最近の歩美さんって、ほ、本当にエロ過ぎですよお！」

もはや真一に、我慢する理由も余裕もなくなる。切羽詰まった声をあげるや、最後の腰を突き出していく。激しく女汁を響かせ、ま×こ狭しと突きまくる。

「っくう！　あっ、あなたがっ！　ひいん！　いけなひ……わるひ……うぐ……ひ」

一度二度、三度四度五度……と、ち×ぽを奥まで受け入れながら、あっという間に歩美は達する。達しながらなお突かれて逝き、逝きながらまた歓喜する。あまりのことにま×こが戦慄き、根元めがけて潮を噴く。淫汁が床に飛び散っていく。

真一が書架を震わせたのもつかの間のこと。急激に昂ぶっていく。

「あっ……あっ……あぁっ！……ぐ！……ひぃ」

途中で気づいて声を殺しながら放つ。最後に一撃、激しく突きあげ、歩美の子宮を串刺しにして、中に直接注入する。

「あぁイ……くうんぎぃ！」

歯を食いしばって歩美も達した。子宮まで貫かれた衝撃で、一瞬軽くジャンプして着地し、なおいっそう深くを刺激されて、感極まってアナルまで鳴かせる。同時にアクメの潮を盛大に噴き、足首に丸まっている真一のズボンに飛沫が散った。

「あぁ、やだわ！　おならまで……お漏らしもあんなに……ひぃん……ぶ、ぶっさり……刺さってるう……うぎぃ」

羞恥と歓喜に頬を染める歩美のま×こはひどく甘い。だから真一も大量に放っている。いつにない興奮にち×ぽは野太いままだ。射精しつづけている。

「あぁ、またイったんですね？　いっそうま×こがぬめってきました……うう……それにすごく締まって……く……引っこ抜かれそう……最高だ」

吐精しながら腰を振る。アクメに身をすくめる歩美のま×こが、ち×ぽの長さいっぱいに、甘く切なく絡みつく。膣口が緩み、花びらとち×ぽの隙間から、白い涎が漏れてくる。茂みの狭間で、勃起しきった淫核が、卑猥な宝石のように光っている。何度見ても飽きない光景。

女になった歩美は素敵だ。アクメしている時はなおさら。

そんな姉の姿を見たのは、麻紀はもちろん初めてだった。

3

麻紀の脚は震えていた。

少しでも油断をすると、その場に崩れ落ちてしまいそうだった。

だから必死で堪えた。腿をつねって意識を保った。

今はこの痛みが麻紀の支えだ。

特別資料室の存在は、だいぶ前から麻紀は知ってた。院生にとっては馴染みの場所。

その、慣れ親しんだ資料室に、見たことのない姉がいた。

「ごくり……」

麻紀の喉が鳴る。驚きで喉はからからなのに、なぜだか生唾が湧いてくる。

資料室の、出入り口に一番近い書架の陰から、麻紀は二人を見つめていた。最初から最後まで、一部始終を、くまなく、あますことなく、キスからおしゃぶり、挿入から射精まで、麻紀は二人を見つめていた。

だから——

「あぁ……なんてことなの……なんて……あぁ……信じられない……」

交わっている二人を見つめながら、擦れた声が口をついてしまう。呟かずにはいられなかった。一瞬どきどき。でも、ごく微かだし、夢中の二人は気づかぬはずだ。

（ふ、二人はいま……気持ちよくなっているのよね？……真一さんは、お、お射精していて……歩美姉さんは、おま、おま×、こで……あぁ、恥ずかしくて言えない）

三十路の麻紀である。男女のそういう姿くらいはネットや本で見たことはある。いくら処女でも、仮にも麻紀は三十路の女、そういう好奇心も人並みにある。

とはいえ——

「なんてことなの……まさか歩美姉さんがこんな……しかも、相手は真一さん……」

あぁ……麻紀の口から溜め息が漏れる。麻紀は独りで頬を染めた。いくら処女とはいえ、いや、処女だからこそ、生の男女の交わる姿は、麻紀の心を惑わせてならない。

二人はようやく動きを止めた。名残惜しげに歩美が尻を揺らしている。汗ばんだ姉の尻を見ながら、麻紀は聴いた気がした。汁でいっぱいになったま×こが響かせる、くちゃ、くちゅ……という濡音を。

歩美が真一を抜いた。手を股間に当てている。理由くらいは麻紀にもわかる。資料室の床を精液で汚すわけにはいかない。

歩美が床に跪いた。

次の瞬間、麻紀はもっと驚いた。その場に崩れ落ちそうになった。

自分から抜けた真一を、歩美が咥えている。そそり勃った真一に舌を遣っている。アイスクリームでも舐めるみたいに丁寧に優しく、白いぬめりを拭っていく。それが、お掃除フェラと呼ばれている行為なのは、麻紀も知識としては知っている。

でも、目の前の二人を信じることが麻紀にはできない。あの姉と、あの居候がこんな……。

「ま、まさかこんな……まさか……信じられない……こんなことだったなんて……」

麻紀はひたすら繰り返していた。二人の大胆さに動揺していた。疑惑が確信に変わったことに驚愕していた。

最近の姉の変貌の原因は、麻紀の想像を、遥かに遥かに超えていたのだった。

奥手の歩美と処女の麻紀は仲がよかった。

もちろん上の二人とも、仲違いしているわけじゃないけど、歩美とは色々な面で気が合っていた。

その姉が、最近めっきり変わってしまった。

まず、綺麗になった。

昔から綺麗だったけれど、最近の歩美はめっきり女っぽくなってしまった。選ぶ服とか化粧とか、そういう表面的なことじゃなくて、なんというか、肌から色気が滲むような……。

もう一つ、変わったことがある。

最近の歩美は、真一ととても仲がいい。よく話すようになったとか、居候扱いしなくなったとか、そういう表面的なことじゃなくて、なんというか、表情や仕草に親愛の情が滲むような……。

初対面の仕方もあって、歩美は真一に冷たかった。三十路半ばのレオタード姿を——ちなみにエクササイズ中だった——知らない男に見られては、歩美でなくとも恥ずかしい。

とはいえ、下着姿をばっちり見られたにもかかわらず、麻紀は歩美ほどには拒絶反応はない。こうして一緒に住むうちに、真一の印象はどんどんよくなっていった。靖子との、無言で微妙な掛け合いも、とっても微笑ましくていい。

二人は結婚するのだろうか？……などと、時たま麻紀は考えたりする。年下を兄と呼ぶのは、なんだか不思議な感じがするけど、姉が幸せになってくれれば文句はない。

それはともかく――

一時は、〝真一追い出し作戦〟なるものさえ発動させる勢いだった歩美の、ここ最近の変貌振りが、麻紀にはまったく驚きだった。

この二つの異変の理由を、麻紀は麻紀なりに考えた。最近綺麗になった×嫌っていた男性と親しげな雰囲気＝？

簡単な式だった。ごくありきたりな答えが導き出された。

だから麻紀は決めたのだった。

当面の研究課題：姉の様子を観察すること。真一との関係は特に。

恋愛面はともかくとして、学者としての麻紀は優秀だ。課題に必要なことを的確に行なう。

ほどなく麻紀は、二人の些細な仕草の中に、メッセージがあることに気づいた。何気ない風に目配せをしたり、すれ違いざまになにかを小声で素早く言ったり。昨日の夜もそうだった。歩美と真一が、唇だけで会話していたのを、確かに麻紀は見たのだった。明日は姉さんの後をつけよう……と、麻紀が決めたのはこの時だ。

その夜、麻紀はあまりよく眠れなかった。姉を尾行する罪悪感もさることながら、二人の仕草が、麻紀の胸を騒がせていた。

そして――

「あぁ……まだどきどきが鎮まらない……」

麻紀の予想は当たっていた。ただし半分だけだったけれど。

姉が美しくなった理由を知って、麻紀の驚きは大きい。

「まさか歩美姉さんと真一さんが、あんな関係になっていたなんて……」

処女の麻紀とはいえ、真一が無関係だとは、もちろん思ってはいなかった。でも、まさかあんな……。

「てっきり、真一さんに男友達でも紹介されたのだとばかり……あぁ、私ってなんて馬鹿なのかしら」

察しの悪さに自分で呆れる。歩美も真一も、いい歳をした大人なのに。

そして――

そう言う麻紀も、立派な大人だ。

4

まったく寝つけなかった。

独りになるとどうしても思い出してしまう。昼間目にしたあの光景を。

落ち着かぬままに一日が過ぎ、気がつくと夜になっていた。

夕食のテーブルに着いた時、麻紀は二人を見れなかった。

俯いたまま食べ終わり、急いで自分の部屋に戻った。さいわい真一には気づかれなかった。靖子と歩美がいなかったのは救いだった。歩美がいたら、間違いなく普通ではいられなかっただろうし、靖子に隠し事はできない。

もうすぐ日付が変わる。

ベッドに入って一時間が過ぎている。

やはり麻紀は落ち着かない。

(二人は付き合っているのかしら?……でも、真一さんは靖子姉さんが好きなはずだし……でも、だったらどうしてあんなことを?……わからないわ……)

溜め息をこぼし寝返りを打つ。

寝つけない。

暗闇で目を開き、なにも見えずに瞼を閉じる。

同じ暗闇の中に見えてくる。二人の交わる姿が。

姉を求める真一の尻が、突きこむたびにえくぼを作っていたのが、なんだかやけに印象に残っている。男らしい真一。息が荒かった。

「とっても綺麗だったな……今日の歩美姉さん……本当に輝いていた」

最近の潑剌とした歩美にも驚いていたが、今日の彼女はその比じゃなかった。まさに淫らな女神。女の麻紀の目にさえも、歓びにむせび、形のいい尻を切なげに振っていた姉は、見惚れるほどに眩しかった。

麻紀だって女。処女だとしても、女。

だからつい思ってしまう。

「同じことをすれば、私も綺麗になれるのかしら？……あん、また馬鹿なこと言ってる……あぁ、今夜は私、やっぱり少し……ううん、すごく変みたい」

激しかった二人に当てられている。

処女とはいえ、麻紀は自分に自信がないわけではない。

処女を守ってきたつもりもない。デイトや合コンよりも、研究の方が楽しかっただけだ。結婚に憧れていないわけでもない。

とはいえ、そういう麻紀のスタンスが、結果的に今の状況を作り出したのは確かだった。麻紀の予想は大きく外れ、研究に飽きることもなくとうとう三十路、恋愛を後回しにしているうちにこんなことになってしまった。

もちろん今までの自分に後悔はない。麻紀は研究に生き甲斐を感じている。

でも――

「私だって、女、なの……女、なら……あんな風に……あぁ」

閉じた瞼に力をこめた。いっそうの暗闇の中、麻紀はますます落ち着かなくなる。

「あぁ……ふう……もう……どうしてこんなに……いったいどうして……」

身体が熱い。麻紀は戸惑っている。熱いというのは本当じゃない。女体の芯が疼いて堪らないのだった。

「私も女なのよね?……いい歳をした女なの……あぁ……それなのに……」

心の中で麻紀は地団太を踏んでいる。いい歳をしているくせに、こういう時に女になりきれない。そんな自分が悲しい。そんな自分が歯痒くてならない。

歯痒さ故にどうしても思い出してしまう。閉じた瞼の裏側に。二人の淫らな姿を。

「私、はっきり見ちゃったんだからね？　歩美姉さんのあそこに……ううん、お、おま×こに入ってたのを……し、真一さんの……おペニスが……あぁ」

堪らなくなって——

麻紀は手を伸ばしてしまう。

「やだ……ぐちょぐちょ……はふうん……んふう……ひん……」

花びらから漏れるほど濡れていた。二枚を指で開く。熱いぬめりが増した。処女でも麻紀は女、肝心な部分はしっかり熟れている。

我慢できずに指を入れた。もちろん全部は入らない。でも、快感は充分だった。

「あぁ、もう……じ、自分でなんて……情けないわ……本当に情けない……んふう」

自慰を恥じているわけではない。本当の歓びを知らない自分が情けないだけ。こういう時だ。研究一筋の人生を麻紀が後悔するのは。

「ううん、後悔はしてないの。してないけど……はん……もう少し彩りがあればよかったかな、って……それだけ……あぁ、おち×ぽをここに入れると、どんな気持ちになるのかしら？　歩美姉さんは、とっても気持ちよさそうだったけれど……」

三十路の女が、未経験の快感を想って指を遣う。擬似性交で男を想う。暑くなった。着ていたTシャツを脱ぐ。パンティは足首で丸くなっている。毛布をはだけて、裸身を闇夜に白く光らせる。自慰の汗で濡れている。

「い、いっそのこと、私も真一さんに……してもらおうかしら……女に……あん」

昴ぶりにまかせて呟き、闇の中で頬を染める。真一の気持ちは麻紀も知っている。でも、歩美とあんな関係になっているのだ。だったら私だって……。

「歩美姉さんを、あんなに素敵に変えてくれたのだから、きっといい人に違いないし……それに、真一さんの人となりを知るのは、靖子姉さんのためにもなるんじゃないかしら……あぁ、私ったら、とっても馬鹿なことを言ってるぅ」

ま×この快感に染まった頬が、あまりに邪まな自分のセリフに、いっそう真っ赤になっていく。勝手な言い草に呆れもしている。

でも——

「私も……なりたい……そろそろなってもいいはずだし……真一さんになら……」

捧げても、きっと後悔しないはずだわ……と、思った途端に、恥ずかしさのあまりに、麻紀は泣きそうになった。そのくせ、半開きになったま×こからは、期待の汁がこみあげてきて、指先をねっとりと濡らしていく。もっと恥ずかしくなった。

そこから先は夢の中。

「はん……ここに、こうやって……んふう……し、真一さんのを……おち×ぽを……

ひん……きっと痛いのでしょうね？……でも……あぁ、入れたい……欲しいの」

男を知らぬ熟れた裸身を、麻紀は自分で慰めている。勃起乳首を指で刺激し、もう片方の指先は、女核をいじり回している。はしたないほど垂れた汁がシーツにしみる。真一を想っての自慰は姉に申し訳ない。でも、処女の麻紀だから、そこは許してもらうことに決めた。それに、姉の靖子にはもっと甘えるつもりの麻紀だ。

指の半分くらいを膣に入れる。ちょっぴり痛い。でも、破瓜だと思って我慢する。ま×こをいじりながら思う。どうやって真一に頼もうかと。でも、お願いする類のことじゃないから、どうしていいのか見当もつかない。

「真一さんは、私が処女なのは知ってるから……はふう……断られちゃうかもしれない……三十歳の処女なんてめんどくさそうって……」

引っこみ思案な性格を恨むも、今さらどうしようもなくて、仕方なく麻紀は、そんな気持ちを自慰で誤魔化す。

「でも、でもね、私、守ってきたわけじゃないのよ？　研究に夢中で、気がついたらこうなっていただけなの。男性が嫌いってわけでもないのよ？　だから……」

お願い……と、夢の中で真一に懇願する。私を女にして欲しいと、この三十路のおま×こに、まだ誰も知らない大人のま×こに、あなたのち×ぽを入れて欲しいと、指を遣いながら麻紀はねだる。

急激に感じてくる。

ま×こがお漏らしをしたように濡れてくる。指が音を立てる。膣襞の一枚一枚が、欲情に火照り、自慰の歓喜で麻紀を泣かせる。

「靖子姉さんごめんなさい。私、姉さんの好きな人でこんなことをしてしまってます……しかもそれだけじゃなくて……あぁ、罪深い妹を許して……そして、助けて欲しいの……お願い……あぁ、どんどんおま×こが……ひぃん」

固く固く閉じられた瞼の裏が、どんどん白くなっていく。指が激しさを増す。濡音が高まる。麻紀の気持ちが切なくなる。

「し、真一さんお願い。私の初めてをもらってください。三十路の処女をどうか……大人の女にして……あぁ、なんていやらしいお願いなの？　いけないいわ。いけない……いけない」

真っ暗な自室で、麻紀は女になっている。初めてはっきり真一の名を呼び、その瞬間、裸身が一気に熱くなる。

「はああん……ふううん……こ、こんなの初めて……こんなにいやらしい気持ちになったのは……あぁ、真一さん……入れて」

姉の歓喜の表情を想い、真一の震える腰を脳裏に描きながら、処女の指先が、どんどん激しくなっていく。ま×この下のシーツには、見たことがないほどの濡れ染みができている。

麻紀の願いは、もちろん真一には聞こえていない。

同じ二階の、麻紀の部屋とは廊下を隔てた、斜め向こうの未佳子の部屋で――

「あぁ、み、未佳子さん、僕もうイキそうです……うう、ま×こいい」

苦しげな声で、真一が限界を訴えている。未佳子の乳房に埋められた顔は、愛の行為の悦びで汗ばんでいた。

未佳子の息も弾んでいる。夢中で腰を振っている。

さっきまで大股開きだった脚を、今は真一の腰に巻きつけ、いっそう深くに迎えていた。

「ん？　イキそうなの？　ザーメンびゅるびゅるしちゃいそうなの？……はん、おち×ぽが鉄みたいになってる……素敵……あぁ、おま×このそこら中に擦れて……」

火照った美貌で甘く囁き、ち×ぽを確かめるみたいに腰をくねらす。たまらず真一がうめき、ま×ことち×ぽが愛の濡音を合奏する。

久しぶりの未佳子との交わりだった。

夕食後に来て……と、食事中に目で言われた。今日は靖子も歩美もテーブルにはおらず、三人だけの夕食だった。

久しぶりでも、未佳子はもちろん素敵だった。

部屋を訪れ、誘われるままにベッドに入ると、未佳子はすでに全裸だった。

そこから先は、夢中であまり真一は憶えていない。そこら中にキスをし、されて、気がつくと性器を舐めっこしていた。次に気づいた時にはもう繋がっていて、それから二十分ほどが経過して、真一は射精衝動と戦っている。

斜め向こうの部屋では、麻紀が真一の名を呼びながら、自慰に耽っていたのだけれど、もちろん当の本人は気づく由もなかった。

久しぶりの未佳子のま×こを、真一は堪能している。歩美のような新鮮さはない未佳子だけれど、熟れたま×こは甘さも極上、濃厚なカスタードクリームのような膣襞のぬめりも格別で、少しでも油断をするとすぐに出る。

「もう、こんなにおち×ぽをびくびくさせてるのに、まだ我慢するつもりなの？」

未佳子はこれで案外面倒見がいいから、真一がイキそうになっていると、自分の歓びよりも射精を優先させてくれる。

「ほら、お出しなさい……私のねっとりぬめったま×こに、あなたの気持ちいい熱いお汁をたあくさん。久しぶりだわ。だから私もうんと欲しい」

騎乗位で腰を振りながら未佳子が笑った。ま×こをくちゃくちゃ泣かせながら、屈んで真一の乳首を吸う。ちゅうちゅう。くちゃくちゅ。れろん。

「あぁ、ま×こされながらのちゅうちゅう……うう、さ、さひこふ。あぁ」

射精を誘う未佳子の愛戯にほだされ、真一の腰がなお激しさを増していく。張りつめた尻たぶを握りしめ、突きあげ、ま×この奥に亀頭をぶちこむ。丸みを滑った指先がアナルに刺さる。

「あん、そこはまだダメよ？　おま×こで我慢なさい……はん、でも、一緒だと……んふう……ますます感じちゃう……あう」

甘い声で叱ったのもつかの間、真一につづけるようにと促すと、未佳子は両方の歓びに身を委ねていく。時おり真一の指を抜いてしゃぶり、恥ずかしそうに微笑む。愛戯に長けた大人の風情が、急速に真一を昂ぶらせていく。

「あぁ！　ぼ、僕もうイキますぅ！　ま×こいいです！　アナルの感じも、さ、最高に興奮しますぅ……うう！　うぐ！　あう！」

一声叫んで真一が放った。刹那、興奮のままに激しく突きあげ、子宮に直接精液を飛ばす。

太くて長い真一に、裸身が浮きあがるほど求められ、さすがの未佳子も後を追う。

「あぁ！　さっ、刺さ、ってるう、イク！」

その瞬間に裸身を起こし、背中を綺麗に弓なりに反らせる。汗まみれの乳房が揺れて、歓喜の汗を乳首から飛ばす。もちろんま×こは悦楽の坩堝、未佳子が無意識に尻を前後させると、そのたび膣で汁が泣く。

「あう……ま×こぬめる……うう……膣が熱くて……ち×ぽ火傷しそう……ぐ」

久しぶりの未佳子の甘さは、いつも以上に真一に放たせている。射精のリズムに合わせるように、微妙に淫らに蠢く襞が、ち×ぽをいつまでも盛らせている。

いつしか二人は無言になり、熱い吐息をこぼしながら、ま×ことち×ぽに集中している。

部屋の中は、すっかり暑くなっていた。

とはいえ、夢中の二人は、今はそれどころじゃない。

たっぷり余韻を愉しんだ後、暑さに耐えかね、エアコンのスイッチを真一は入れた。

愛戯にたっぷり汗ばんだ肌を、冷気が心地よく乾かしていく。

真一は、未佳子を抱きしめている。抜けてはいるけど、ま×こに先っぽが触れている。激しい行為の後の、こういう気だるさも真一は好きだ。

「そろそろ、いいんじゃないかしら?」

未佳子がふいに呟いた。

「そろそろって、なにがですか?」

真一は何気なく言った。本当に意味がわからなかった。いや、本当は、無意識に気づかない振りをしていただけなのかもしれない。

そんな真一を見て、未佳子は素敵な笑顔になった。ゆっくり身体を起こし、半勃ちのち×ぽを握った。

「ふ〜ん、あくまでとぼけるつもりなんだ。まさか私が、あなたとしたいだけで、今夜誘ったとでもお思い? ったく、とんだモテ男気取りね?……ぱくり」

いきなり噛まれた。出したばかりで敏感だったから、真一は文字通り飛びあがった。

「痛い! なんですかいきなり……あぁ、血が滲んでる。ひどいじゃないですか」

亀頭から未佳子に視線を向ける真一は、さすがに少し怒っている。が、未佳子に怯む様子はない。

「それくらいなんですか。いつまでもとぼけてるあなたがいけないのよ? お射精させてあげただけでも感謝しなさい。しかも膣出しよ? この浮気者め」

言われて真一が固まる。バレている。同時に思った。未佳子の目は誤魔化せない。

「あの……こ、これには色々とわけが……ありまして……その……あ、こういうことになる前に、未佳子さんに言うべきだったと思います。それはすみません。でも、事が一気に運んでしまって……話すと長くなるのですが、そもそもの発端は……」

焦れた様子で、未佳子が真一の言葉を遮る。

「なにをごちゃごちゃ言っているの？　断っておきますけどね、私、文句を言うつもりなんてないのよ。無理強いされたのならともかく、歩美だってもういい大人だもの。そんなことより、私が心配しているのはあなたよ」

意外な言葉に拍子抜けする。てっきり叱られるとばかり思っていたから。

「僕？　の、なにを……でしょうか？」

合点のいかぬ様子の真一を見て、今度は未佳子は頬を膨らませた。

「なにって、姉さんのことに決まっているでしょう？　まさか忘れてないでしょうね？　それとも、もう諦めちゃったとか？　歩美に鞍替えしたの？」

「そ、そんなっ！　諦めるわけありません！……初めて見た時から僕は靖子さんを好きになっ……あ、こんな時にすみません……」

思わず叫び、目の前の未佳子に今さら気づいて、大いに真一は恐縮する。

今日も今日とて、ち×ぽはもちろんアナルまで、未佳子にねっとり舐められたあげく、ついさっきには思い切り膣出しをしたのだった。

(それなのに、靖子さんのことでムキになったりして……未佳子さんに申し訳ない)

このことであった。

恐縮しきりの真一を見て、しかし未佳子は優しく微笑む。

「それならいいのよ。私たちと愉しむのは構わないけれど、お願いだから、姉さんのことも想っていてあげて。そのうちに、必ず両想いになれる時が来るから」

保証するわ……と、にっこり未佳子が笑ってみせた。

(……)

真一は言葉にならない。

初めから、未佳子は真一の気持ちを知っている。知っていて、こうやって甘い一時を過ごしてくれている。元気づけたりもしてくれる。ありがたいけど、やっぱりとても申し訳ない。

そして思うのだ。

(どうして未佳子さんは、僕とセックスしてくれるんだろうか?……)

真一との行為を通じて、コンプレックスを解決しようとした歩美とは違って、未佳子はこんなことをする必要はまったくないのだ。未佳子に限って、相手に困っているなんてことはないだろうし……。

「？　どうかして？」

「……あ、い、いえ、なんでも」

　顔を赤らめて言った真一を見て、未佳子が小さく微笑んだ。

「わけのわからないことを言っちゃってゴメン。正直に言ってしまうと、私もよくわからないいんだ。でも、一つだけ確かなのは、みんなにしあわせになってもらいたいってこと。私もあなたも、そしてもちろん他のみんなもね……それだけはわかって欲しいわ」

　もちろん、私のやり方に、色々と問題があるのはわかっております……と、わざと難しい顔で未佳子は言い添えて、すぐに悪戯っぽく笑ってみせた。

「未佳子さん……だからこうして僕と……すみません……ありがとうございます」

　真一は言葉が見つからなかった。感謝の気持ちがこみあげてきて、なかなか言葉にならない。未佳子は優しい。ひょっとしたら、姉妹の中で未佳子が一番、みんなのことを考えているかもしれない。

　未佳子が裸身を寄せてきた。照れ隠しなのは真一でもわかった。

「さ、難しい話はこれくらいにしましょう。せっかく二人きりでいるんだもの。とにかく今は、私のことだけを考えて。姉さんの代わりにはならないでしょうけど……あん、元気出して……男の子でしょう？……ちゅ。れろん」

未佳子が腰を屈めると、握った真一に口づけをする。そのまま跪き、亀頭を咥えた。軽くずぼずぼ。穴の周りを舌でくすぐる。

巧みで優しい未佳子。あっという間に真一は夢中になってしまう。

「あぁ……未佳子さん……気持ちいいですぅ」

甘えた声が勝手に出てしまった。未佳子の頭を抱きかかえて、自ら腰を揺らしていく。野太くなったち×ぽが、未佳子の朱唇に抜けては刺さる。

「たっぷりなめなめしてあげるから、またおま×こにたくさんちょうだい……あぁ、この感じ、久しぶり……むちゅ……ちゅぱ、くちゅ」

愛しげにち×ぽを舐めあげ、艶っぽい瞳で未佳子が笑った。

「もちろんです。僕だって、未佳子さんのま×こ欲しい……うう……フェラも最高に気持ちいい……あぁ、堪らないよお」

二人の愛戯が熱を帯びていく。部屋の温度があがっていく。真一のち×ぽが太さを増す。未佳子は自分に指を遣っている。今夜はきっと真一は眠らせてもらえないだろう。もちろん真一に異存はない。

とにもかくにも未佳子は素敵だ。姉思いのとっても淫らな年上の女性は、真一にとても優しくしてくれる。

今はそれだけで充分だ。

第四章　淫らすぎる家族計画
恥じらい処女の「賭け」

1

一瞬、夢かと思った。

だから思い切り腿をつねった。

すごく痛かった。

次は聞き間違いだと信じた。

「ご、ごめんなさい、ちゃんと聞いてなかったみたいなの。もう一度言って」

口ごもりながら靖子が言った。

しかし——

「……」

目の前に座っている末の妹は、うなじが見えるほど深く俯き、姉の願いに従わない。靖子はむしろよくわかった。

さっき聞いたのは、間違いでもなんでもない。

麻紀が処女なのは靖子も知っていた。

でも、別になんとも思わなかった。

今どき確かに珍しいけど、あの通り麻紀は美しいし利発だ。その気になれば彼氏なんていくらでもできる。ただし、付き合う相手には、姉の私が気をつけてやらねば……とは、靖子も思っていた。研究一途の麻紀は恋愛に疎い。

その麻紀が、いきなり靖子に言ったのだった。

「私、真一さんに処女を捧げたいの」

靖子にとっては、まさに驚天動地の一言。

つづけて麻紀は言ったのだった。

「……その時は、靖子姉さんに一緒にいて欲しいの」

靖子にとっては、まさに震天動地な妹の言葉。

夏の気配を感じさせる夕日が、姉妹二人きりのリビングを茜色に染めている。

「……やっぱり、ダメかな？」

麻紀のか細い声がした。

「……」

靖子はなにも言えない。なにを言っていいのかわからなかった。当然だ。

（妹が、はじ、初めて……するのを……横で見ていてくれ、だなんて……）

しかも相手は――

思っただけで、靖子は身体が熱くなった。

（未佳子ちゃんだけならともかく、麻紀ちゃんにまで真一さんを……そんなことを、私が許せるはずないじゃない……）

俯いている妹のうなじに、ばか……と、声に出さずに言う。こういうことに聡い未佳子とは違って、きっと麻紀ちゃんは、私の想いに気づいてないのね……などと思う靖子は、自分が一番鈍感なことに気づいていない。

「今まで一緒に暮らしてきて、真一さんならいいかな、って思ったの。素性ははっきりしているし、性格だって悪くないでしょう？　けっこうイケメンだし」

「そ、それは確かにそうだけど……好きでもない人と、そういう大事なことをしなくたって……」

「好きよ。私。真一さんのこと。いい人だもの」

あっさり言われて靖子は黙った。そんな素振りは、ついぞ見せなかった妹である。

「……そ、そうだったの。あなた、真一さんのことを……そう、だったの……だったら、姉さんが反対する理由は……ない……けれど……そう……知らなかったわ」

動揺を隠せぬ靖子を見て、初めて麻紀が表情を緩めた。

「心配しないで、姉さんから奪うつもりはないから。それに、奪おうとしたって無理だもの。私はただ、真一さんに初めてを捧げたいだけ……捧げるなんて大げさね。ぶっちゃけ、他によさそうな相手も見つからないし……ふふ。今のは冗談」

靖子の顔色が変わった。羞恥に赤く、ついで驚きに青くなる。

「な、なにを言っているのかわからないわ。私は真一さんのことなんか別に……そ、それにあなた、今の言い草はなに？　他にいい相手がいないなんて。冗談にもほどがあります。いないならそれでいいじゃない。今さら、なにをそんなに焦っているのよ」

「焦ってなんかいません。お姉さんが好きになった人なら、私、安心して身を預けることができると思っただけ。でも、お姉さんの好きな人を、私の勝手にはできないでしょう？……だから、一緒にいて欲しいな、って思って……一人だと不安だし」

それでも、やっぱりダメ？……と、真顔で言われてしまっては、もはや靖子は頷くしかない。不安に思う妹の気持ちも、靖子はもちろんよくわかっている。

「でも……本当にそれでいいの？　本当に好きになった人にではなくても？　そのうえ私が一緒にだなんて……本当に後悔しないの？」

姉の言葉に、麻紀は無言で頷いてみせた。もう気持ちは決まっている。歓喜にむせぶ歩美を見た時から。

「本当に好きな人ができたら、一生かけて愛します。それに……」

「それに？」

「……ううん、いいの。とにかく、決めたことだから」

言葉を濁して麻紀は笑った。

姉には言えないけれど――

麻紀は知りたいことがあるのだった。

歩美の美しくなった理由を、麻紀は知りたかった。自分の身体で確かめたかった。

あの日の歩美の美しさは、今も麻紀の脳裏に鮮明だ。

真一を深くに受け入れるたび、歩美はどんどん魅力を増していた。ただ美しいだけじゃなかった。身体の内側から滲み出るような艶やかさが、麻紀の心を動かした。

（あんな風に、私も綺麗になれたら、どんなに素敵なことかしら）

奥手でも処女でも麻紀も女、いや、処女だからこそ、綺麗になりたい気持ちは強い。もちろん、歩美への対抗心もちょっぴりある。一番仲がいいだけに、なんだか置いてけぼりを食ったような気がしている。

それに麻紀は、奥手だからといって、処女にこだわりはない。真一を好きなのは確かなのだから、初めての相手に選んだとて不都合も後悔もあるはずはない。

それでも、もし——

もう一つ、秘めた思いを心に麻紀は抱いている。

(もしも、万一、靖子姉さんと真一さんがうまくいかなかったら……そんなことは考えたくないけど……その時は……どうか私を……)

麻紀は思考をそこで止めた。姉妹のために今日まで頑張ってくれた靖子である。そんな姉の不幸を願うなんて、冗談でも麻紀にはできない。

秘めた想いはそのままに、とにもかくにも前に進もう……と、あらためて麻紀は決意した。

「……」

無言で麻紀は姉を見た。目で決意を伝える。一番信頼している姉とはいえ、見られながらするのは、本当は麻紀だって死ぬほど恥ずかしい。

でも、同時に麻紀は見て欲しかった。自分が女になるところを、初挿入に歓喜する姿を姉に見てもらいたかった。それは麻紀なりの意思表示、宣戦布告でもある。最近の靖子が、なにやら真一と揉めているのは、もちろん麻紀も知っている。でも、今のこの生ぬるい状態は、きっと二人のためにならない。

(意地を張るのもいいけれど、あんまり周りをやきもきさせていると、取り返しのつかないことになってしまうかもしれないわよ?……)

心の中で悪戯っぽく麻紀は呟く。でも、半分弱くらいは本気、かもしれない。あまりに突然な妹の申し出に、まだ靖子は動揺を抑えきれないみたいだ。無理もない。でも、これで色々なことがきっと変わる。あとは、真一の気持ち次第だ。

でも——

そっちは、麻紀はあまり心配していない。

2

こうして座っているだけで、身体が汗に濡れてくる。

それは真一も同じみたいだ。さっきから、落ち着かぬ視線を姉妹に投げては、そのたびあわてて顔を逸らしてばかりいる。

(当たり前よね。こんなことを頼まれて平常心でいられる人なんかいないもの……)

今さらのように靖子は後悔しているのだった。

(いくら麻紀ちゃんの頼みだからって……あんなお願いは、やっぱり断るべきだったのよ……当たり前だわ……それなのに私ったら……どうかしてたのね)

靖子は顔の汗を拭った。とても暑い。かれこれ三十分は経っている気がする。

(ずっとこのまま、こうしているわけにはいかないわ……あぁ、誰か助けて……)

そっと靖子は麻紀を見た。

当然のように、言い出しっぺの麻紀も、二人に負けないくらいに落ち着きを失っていた。でも、それを見た靖子は少し安心した。とんでもない提案をしたとはいえ、やっぱり麻紀はいつもの麻紀だ。

真一の部屋に三人はいる。土曜の午後はとても静かで、かえって靖子は落ち着かない。部屋の隅のベッドが、嫌でも目に入ってくる。勝手に顔が赤くなる。

家にはもちろん三人だけだ。

そうでなくては、こんなことはできっこない。

十日ほど前に——

食事の片づけを終えて、自室に行こうとした真一を、靖子は呼び止めたのだった。

「ち、ちょ、ちょっといい、かしら？」

「え？　あ、は、はひ！　もちろん！」

「……えと、き、今日のお夕飯もとっても美味しかったわ。すっかりお料理上手になったわね」

「あ、ありがとうございます。これからも頑張りますから、もう少し居候させてくださいね」

「あら、真一さんはもう居候なんかじゃないわ。私たちの家族よ」

「あぁ、そう言ってもらえると嬉しいです。ありがとうございます」

久しぶりの会話だった。まだ目を見て話せない。でも、靖子はやっぱり嬉しかった。

真一を近くに感じる。心が弾む。

が、それもわずかのことだった。

本題に入るなり、真一の表情は、みるみる強張っていったのだった。

「え……じ、冗談ですよね？　まさかそんな……嫌だなあ……はは、ははは」

麻紀の願いを靖子から聞いて、真一が引き攣った笑い声をあげた。でも、靖子が首まで赤くなっていることに気づくと、負けないくらいの色になる。

「し、しば、しばらく考えさせていただけませんか？　もちろん長くはお待たせしませんから」

震える声で真一が言った。その股間が膨らんでいることに気づいて、靖子はもう、どうしていいのかわからなくなった。

「そ、そうよね。こんな変な……いえ、大事なことを即答なんて無理よね」

俯くわけにもいかず、かといって真一の顔も靖子は見れない。この場にいることがいたたまれない。恥ずかしすぎて堪らない。一刻も早く逃げ出したかった。

「じゃ、僕、失礼します。おやすみなさい」

頭を下げるのも早々に、そそくさと去っていく真一を見送る靖子はほっとしている。真一との久しぶりの会話は一分とつづかなかった。

でも、靖子は後悔しなかった。羞恥ばかりが先に立つ。麻紀をちょっぴり恨んだ。嫌われちゃったかしら？……と、心配もした。

同時に、真一の答えを心待ちにした。

もちろん断って欲しいと願っていた。いくら可愛い妹の頼みとはいえ、靖子はできる自信がなかった。妹の初めてを見守る。考えただけで頬が染まる。

そのくせどこかで、なにかを期待している自分に気づいた時は、靖子はもう、情けないやら死にたいやら。

ふしだらにもほどがある。

でも——

靖子はふしだらに負けそうだ。


それから数日後——

もちろん……と言うべきか、真一は、姉妹の申し出を受け入れてくれた。

靖子は複雑だった。どんな顔をしていいのか迷った。そして、こみあげてくる甘い気持ちを、必死で抑えこんでいた。そんな感情を許すことはできなかった。たとえ本心だったとしてもだ。

そこから先は早かった。あれよあれよという間に進んだ。靖子が思い直す暇もないくらいに、すべては順調過ぎるほどに進んだ。

ふしだらな企てがはじまろうとしていた。

それなのに、靖子の気持ちは軽かった。麻紀もなんだか楽しげだった。いつもよりよく笑った。理由はわからなかった。まだその時は。

真一のことはわからなかった。前より顔が見れなくなっていた。未佳子にそれをからかわれた。でも、いつものように言い返せなくて、怪訝そうに未佳子に見られた。気づかれやしないかとびくびくした。こういうことに二女は聡い。

そして前日、まったく眠れない夜を過ごして――

今日が来た。


沈黙が部屋を支配していた。ここまでの順調さが嘘みたいに、三人とも押し黙ったまま時が過ぎていく。

(あぁ、どうしたらいいの？　やっぱりここは、一番年上の私が……でも、なんて言えばいいのよ？　さぁ、元気にはじめましょう、とか？　あん、運動会じゃないわ)

靖子はどこかそわそわとした気持ち。気まずくはない。でも、やっぱり……。

「あ、あの……」

「はいいっ」

いきなり真一の声が聞こえて、反射的に靖子は叫んでしまった。

「あ、ごめ、ごめんなさい。急だったからびっくりしただけです……つづけて」

真一が生唾を呑む音がした。

「つ、つまり……まだ、間に合いますから……僕は、ぜんぜんオッケーですから……お気になさらないで、どうか遠慮なく仰ってください、ね？」

無理に作った笑顔で言った。それが本心じゃないことは明らかだった。真一の股間が、本当の気持ちを物語っている。見事なほどに膨らんでいる。

（本当は真一さん、とっても期待しているのね……無理もないわ……）

未亡人の靖子である。男の気持ちを察することくらいはできる。事ここに及んで、やっぱりなしにしましょう……では、あまりに酷というものだ。

（かといって……あぁ、やっぱり無理だわ、さ、三人で、なんて……）

靖子は惑う。決心がつかない。切り出すことができない。本当は心は決まっている。でも……。

自分の気持ちにかまけてばかりで、肝心なことを忘れていた。

「真一さんはああ言ってるけれど、麻紀ちゃんはどうなの？　私も真一さんも、あなたのためにこうしているのよ」

靖子に訊かれて、びくん！……と、麻紀が身体を大きく揺らした。

「そ、そうよね……私のために二人とも……そう、なのよね……あぁ……ふう」

真一と姉を見つめる麻紀の顔は、今にも泣き出しそうな感じだ。上品な唇は色を失い、血が出そうに噛みしめられている。触れれば壊れてしまいそうに緊張している。

（無理もないわ。言い出しっぺとはいっても、そこは処女なんですもの……ううん、処女じゃなくたってこんなの……無理に決まってるわ）

麻紀の様子を見て、靖子は少しほっとした。これでいいのだと思った。これが普通なのだと納得する。同時に、妙な期待をしていた自分を恥じた。

（麻紀ちゃんに、あんまり突拍子もないお願いをされちゃったから、私も動揺していたのね……期待している真一さんには、本当に申し訳ないのだけれど、麻紀に免じて、これでお開きにしてもらおう……）

決意は固まる。でも、言い出すのには、やっぱりちょっぴり戸惑ってしまう。真一さんが可哀想だからなのねきっと……と、靖子は自分に言い聞かせた。それが本心だったのかはわからなかった。

「あの、真一さん、麻紀もあんな様子になっていることですし、こちらからお願いしておいて申し訳ないのですが、今日のところはどうかこれで……」

「お、お訊きしたいことがあるんです。真一さんに」

姉の言葉を遮って麻紀が言った。真一を見るその瞳は、怖いほどに真剣で、靖子は妹の心を察した。

「な、なんでしょうか？」

麻紀の気持ちを真一も察している。生唾を呑んだのを、靖子は見逃さなかった。

「正直に仰ってください……あの……わ、私としたいですか？　せっ、セックスを、したいって思ってますか？」

単刀直入すぎる質問に、真一の顔が青くなった。いっしゅん靖子を見る。靖子はわからなかった。どんな顔をすればいいのか。

「靖子姉さんごめんなさい。でも、私、今日は自分勝手になります。ならせてください。だって、どうしても私……真一さん、答えてください」

靖子を見て、一瞬すまなそうな顔になるも、真一に向き直った麻紀は、健気なほどに真剣だった。

「初体験の相手になって、なんて、とんでもないお願いですよね？　自分でもわかっています。でも、私には私なりの考えや思いがあるんです。だからどうか……」

わかってください……と、すがるような目で麻紀は言うと、真一の返事を待たずにベッドに座った。着ているブラウスのボタンを外していく。

「麻紀ちゃん……」

「あぁ、そ、そんな……麻紀、さん……ごくり」

みるみる肌を晒していく三十路の処女を、もはや二人は見つめるしかない。露わになった柔肌は、すでにほんのり朱色が差し、未知の歓喜を待ちわびているようだった。

「恥ずかしいから、二人ともなにも言わないで……今日は私のための日なの。好きにさせて……お願い……あぁ……でも、やっぱり恥ずかしいな」

ブラウスをベッドの柵にかけると、羞恥しながらも、麻紀はスカートに手をかけた。するり……と、グレイの布が落ちたのもつかの間、処女は下着姿になった。

「……」

セミヌードで、仰向けに麻紀は寝そべっている。

やや小振りな胸が、薄桃色のカップの中で激しく躍っている。平たく引き締まったお腹も同じだ。上と揃いのパンティは、仰向けになった麻紀の恥丘を、くっきり眩く浮き彫りにしている。麻紀にしては切れあがったデザインのパンティは、処女の決意の表れだ。

靖子も真一も言葉がない。

とても綺麗だった。

三十路の肌が輝いている。未体験のせいなのか、若く瑞々しい肌には、年齢なりの艶っぽさが同居し、少女でありながら女でもあるという、矛盾の美を体現していた。

身体の線もそれは同じで、熟れはじめている乳房や尻の丸みと、どこか儚げな風情の腰や首筋の佇まいは、男の気持ちを掻き立てずにはおかない。それが証拠に真一は、さっきから麻紀に夢中、靖子がちょっぴり妬いていることにも気づいていない。

「……」

靖子が無言で真一を見た。

「……」

一瞬、真一は躊躇った。でも、小さく頷く。

二人は想い合っている。でも、今は、麻紀の気持ちを尊重しようと、互いの目を見て決意する。

真一がベッドに腰を下ろした。目を閉じていた麻紀が察して、ぎくり……と、裸身を強張らせた。胸の高鳴りが激しくなる。

「そんなに緊張しないでください。僕、できるだけ優しくしますから」

麻紀の手を取り真一が言った。

「そうよ、私だってついているから心配しないで。麻紀ちゃんがちゃんと大人になれるように、姉さんなりにお手伝いするわ」

二人の側に靖子が跪いた。顔が紅潮している。

「……お願いします」

蚊の鳴くような麻紀の声。でも、さっきより表情が柔らかくなっている。真一の手を握り返す。

「残りを……脱がせてあげて」

靖子が言った。その表情には、後悔と決意、それにちょっぴりの嫉妬と羨望が混ざっている。

姉の言葉に真一が頷く。緊張している。麻紀が硬直した。もっと緊張している。

麻紀の背中に手を回し、真一はブラを緩める。麻紀は固く目を閉じている。それでも、背中を浮かせて手伝う気遣いはある。

麻紀の乳房が姿を現す。乳肌が汗ばんでいるのは、部屋の暑さのせいではないだろう。汗の光る丸みは、すでに乳首を勃起させている。妹の女を見た気がして、靖子はますます落ち着かないが、黙って二人を見守っている。

「綺麗だ……とっても……麻紀さんのおっぱい、本当に素敵です」

露わになった麻紀の乳房を見下ろして、溜め息まじりに真一が呟く。股間がきついのか、しきりに腰を動かしている。

「嬉しい……だから、つづけてください……下も……」

真っ赤になって麻紀は言った。無垢の乳房を隠さずに、今は真一のことを見つめている。緊張と羞恥が、噛みしめられた唇に現れている。

「わかりました。あぁ、でも、すぐに見るのは、なんだかもったいない気もします……」

恥丘にぴったり張りついているパンティを、名残惜しげに一瞥しつつも、真一は麻紀の願いに従う。浮かされた腰が、するり……と、容易く布地の通過を許し、麻紀は生まれたままの姿になった。

仰向けになっている恥丘は無毛で、真一の目にはっきりと、処女の縦溝を見せている。

「こ、こっちも、負けないくらいに綺麗です……あぁ、麻紀さんのおま×こが見える……花びらがつやつや光ってる……すごく可愛いです……あぁ」

麻紀のま×こを賛美する真一の声は興奮に震えている。ま×こを見つめた目を逸らさない。逸らせるわけがない。

(あん、真一さんたら……すっかり興奮してしまって……私のま×こを見ても、そういう物欲しげな顔になってくれるの?……ばか)

もちろん靖子は心中穏やかじゃない。でも、叱る気にはなれなかった。処女の可憐な淫裂は、女の靖子の目にさえも、とっても魅力的だった。

さっきより部屋の中は暑い。三人の興奮が室温をあげている。

麻紀が起きあがった。真一と目が合い、恥ずかしそうな笑みを浮かべる。仰向けだった乳房が、ぷるるん……と、弾力いっぱいに震える。

「真一さんは？　私が脱がしてあげましょうか？」

「あ、い、いえ、自分で脱ぎます。大丈夫です」

訊かれた真一の方が、むしろ恥ずかしがっている。肌を晒しただけで、麻紀の雰囲気は一変して、すっかり女になっている。麻紀に背を向けシャツを脱ぐ。ジーンズを下ろす時に腰を引いた。もちろん、勃起ち×ぽが引っかからないようにだ。

「……くす。私より恥ずかしそう……本当に経験済みなの？」

向き直った真一が、股間を隠しているのを見て麻紀が笑う。処女にからかわれている真一を見ながら、靖子は笑いを噛み殺している。

「……見ても驚かない、って、約束してください。麻紀さんが素敵過ぎて、我ながらすごいことになってるんです……靖子さんもですよ？」

本気で恥ずかしがっている真一の姿が、姉妹に笑い声を立てさせてしまう。頷き合い、真一に開帳を促す。

笑顔の二人を、ちょっぴり不服そうに真一は見ながら、股間から手をどけていく。

「あぁ……やっぱりすごいわ」

麻紀より先に靖子が呟いた。すぐに気づいて頬を染めた。

「ご、ごめんなさいっ、私ったらついうっかり……もう邪魔しないからつづけて」

謝罪する靖子の声は、しかし麻紀には届いていない。

「こ、これが……こ、こんなに……こ、ここまで……こ、こんなことって……ああ」

真一を見て、麻紀はほとんど言葉にならない。それほど真一は逞しかった。

興奮の、ではなく、むしろ驚きの生唾を呑んでいる麻紀の眼前に、昂ぶりきった真一が、その身を隆々と勃たせている。

反り返るほどになっている幹は当然として、以前に靖子が見た時よりも、太さも長さも増しているのは、処女に期待をしているせいなのか。茎のそこら中には血管の筋が浮きあがり、亀頭のエラの鋭さときたら、不用意に口にしたら切れてしまいそうなほど尖りきっている。麻紀が言葉を無くすのも無理はない。

「……」

真一を凝視している麻紀が、無意識に自分の女に触れている。その気持ちが靖子には痛いほどわかる。怖いのだ。未亡人の目にさえ、今の真一は素敵過ぎる。

「し、真一さん、まずは麻紀ちゃんをリラックスさせてあげて。そんなに逞しいものに、いきなり触らせたりするのは酷だわ」

靖子の言葉に真一が頷く。もとよりそのつもりだった。

「はい、わかりました……じゃ、麻紀さん、触りますよ？　驚かないでくださいね？」

「あん、前もって言われた方が緊張しちゃいます。真一さんは、今だけは私の彼氏さんなんですから、どうか好きに触ったりいじったりしてください……」

「いじるなんてそんな……あぁ、肌からいい匂いがします……ちゅ」

健気な言葉に笑みを浮かべながらも、興奮している真一は、麻紀の乳房に口づけをする。一気に昂ぶる。そのまま丸みを舐め回していく。もう片方の乳房を握り、同時にゆっくり揉みしだいている。

「あぁ……くふん……ひ……くすぐったいわ……でも……気持ちいいです……キスも、手も……あぁ、おっぱいがじんじんするぅ……ひん！　ち、乳首も……素敵」

初めて男に乳首を吸われて、甘い吐息を麻紀がこぼす。反射的に真一の頭を抱えて、いっそう強く乳房に寄せる。

「感じてるんですね？　おっぱいが熱くなってきました。乳首もすごく勃起して……ちゅ。ちゅうぅ……ちゅぴくちゅ……痛くないですか？　あぁ、すごく甘い乳首だ」

真一は興奮しきっている。勃起ち×ぽがそれを物語っている。でも、処女を気遣う余裕は失ってはいない。

「余裕ができたなら、麻紀ちゃんも、真一さんに触ってあげなさい。お互いにしてあげるのがマナーなのよ」

そうアドバイスする靖子の表情は微妙だ。でも、これは妹のためなのだと、私が妹を導いてやるのだと、何度も自分に言い聞かせ、心をどうにか静めている。

姉は妹を思い、妹は姉を思っている。こんな時でも、いや、こんな時だからこそ、互いへの思いはいっそう強くなっている。

「はい、やってみます……でも、その前にお願いがあるの。靖子姉さんだけ服を着たままだと、なんだか落ち着かないわ。だから、お姉さんにも脱いで欲しいの」

適当な理由を見つけて、姉を仲間に引き入れる。姉の肌を見れば、真一がどうなるかは火を見るよりも明らか、そしてそれは、麻紀自身のためでもある。

まだ信じられない。乳房の愛撫に甘くうめきながら、二人の身体の間から、そっと真一の股間を見る。

尖りに尖り、盛りきった亀頭が、下から麻紀を睨みつけてくる。

（こ、こんなものが、本当に入ってしまうの？……女って、そんなに包容力があるものなの？……）

そっとま×こに触れてみる。穴に指を入れてみる。一本でもきつい。まったく心許ない。どうしても姉の助けがいる。そしてそれは、きっと姉と真一のためにもなる。

聞こえてきた姉の声が、麻紀の意識を現実に戻す。

「あぁ、きっとこういうことになるとは思っていたけど……麻紀ちゃんが望むのなら、仕方ないわよね……」

躊躇ったのもつかの間、靖子は半分諦め顔で、ブラウスのボタンに手をかけた。今さらこんなことで言い争っても仕方がない。

「僕もその方がいいと思います……ちゅ、くちゅ……麻紀さんのためにも」

靖子の言葉に真一も頷く。麻紀の乳首を吸いながら、ちらり……と、片目で靖子を見た。期待するような瞳の色が、靖子をこっそり喜ばせる。

無言で見ている二人の前で、靖子は服を脱いでいく。この前、真一の前にしゃがんだ時より恥ずかしい。

脱いだものを靖子が畳んでいる時に麻紀が気づいた。

「あ、その下着見たことがないわ……今日のために買ったのね？　くす。姉さんたら……真一さんのためにおめかし？……ふふふ……可愛い」

したり顔で麻紀が笑った。靖子はおっぱいまで赤くなった。

「こ、これはそういうつもりじゃないのよ！　古い下着じゃ、真一さんに失礼だと思ったから、それで……ただそれだけなのに……もう、麻紀ちゃんたら！」

必死で言い訳をしている靖子だけれど、麻紀の指摘は半分は当たりだ。

真一に見られることを意識して、靖子はこの下着を選んだ。年相応に黒にした。Tバックにやや小さ目のカップのブラは、大人の裸身を肉感的に魅せてくれるはずだ。誘惑的でありながら、挑発的には見えないような、エレガントでセクシーなデザインの、靖子もお気に入りの品だ。選ぶのに時間がかかった。

真一も、麻紀から顔を起こして、下着姿の靖子を見ている。

「僕のためじゃなくてもいいです。だって、そのブラとパンティ、とっても靖子さんに似合ってますもん……あぁ、セクシーなのに上品で、すごく素敵です」

麻紀がいるというのに、靖子を見ながら真一は、ゆっくりしごきはじめている。興奮した真一が、靖子は素直に嬉しかった。このままずっと好きにさせてあげたい。でも、今日が、誰のために、なにをする日なのかを、もちろん靖子は忘れていない。

「褒めてもらって嬉しいわ。でも、今日の主役が誰かを忘れないでね？　さ、麻紀ちゃんも、真一さんを見てばかりいないで、姉さんの側にいらっしゃい」

昂ぶっている真一を、羞恥した美貌で諭しながら、靖子は麻紀に手招きをする。真一の行為を目の当たりにして、起きあがった麻紀は目をまん丸にしている。

「う、うん……あぁ、お、男の人って、本当にするのね？　こ、こういう行為を……あぁ、すごいわ、ますますおっきくなってるう」

ベッドの上に胡座をかいて、靖子を見つめてしごいている真一を、傍らから麻紀が見ながら、あえぐように呟いた。男の自慰を目の当たりにして、裸身はますます汗に濡れ、瞳がねっとり潤んでいる。

「麻紀さん、そうやって見ていても慣れませんよ。だから、触ってみませんか？　あ、もちろん嫌だったらしなくていいです」

しごきながら真一が言った。やめないのは、自分のためというよりも、麻紀に慣れさせようというつもりらしい。

真一の提案を聞いて麻紀が少し青ざめた。

「で、でも私、本当の本当に初めてだから怖いわ……いい歳してごめんなさいね？　でも、本当に怖いの……あぁ、穴からお汁が出てる……だらだら……いやらしい」

羞恥しながらも、麻紀は真一の側に来ると、しごかれているものを間近で見つめる。麻紀の興奮のあえぎ。ち×ぽに感じて真一がうめく。

「あん、麻紀ちゃんたら。気持ちよくなっている男性を、そんな近くから見ちゃダメでしょう？　ほら、真一さんをご覧なさい。苦しそうにしているわ」

ごめんなさいね？……と、真一を気遣う靖子はやはり未亡人だ。処女の吐息に昂ぶった真一の汗を拭い、勃起を取りあげ、呼吸を整える時間を与える。真一はありがたかった。処女の吐息は、あまりにち×ぽに甘過ぎて、実はうっかり出しそうだった。

「あぁ、そんなになっていたのね……真一さんごめんなさい」

「そんな、いいんですよ。恥ずかしいから謝らないでください。そんなことより、さっきのこと……触ってみませんか？　あ、いま休んだから、ちょっとのことじゃ出しませんから安心してください」

靖子にゆったりしごかれながら、麻紀の方へと腰を向けた。姉はさすがに未亡人、真一を愉しませつつも昂ぶらせ過ぎずに、最高潮のままで保っている。

「だ、出していただいても構わないのですが……あぁ、やっぱりちょっぴり恥ずかしいです……靖子姉さん、このまま麻紀に、お手本を見せてくれませんか？」

麻紀に訊かれて、靖子は素直に頷く。ここまできたら、もう恥ずかしがっている場合じゃないし、未亡人として姉として、妹の初めてに責任がある。それに……ちょっぴり嬉しい。

「じゃ、真一さん……しますわ」

靖子に見つめられ、真一が無言で頷く。言葉の代わりに、ごくり……と、生唾嚥下に喉を鳴らす。

3

靖子はち×ぽをしごいていく。真一に身を寄せ、長さいっぱいに手指を遣う。大きくゆったり茎をしごき、裏筋に指先を遊ばせる。あの時の感触が甦ってきて、ますます指がいやらしくなる。

「真一さん、すごく硬くなってますわ……鉄のようだわ……あぁ……」

愛しい人の雄々しさに煽られ、靖子の頰が真っ赤になる。切ない指は淫らさを増し、それを真一も素直に悦ぶ。

「だって、すごく気持ちいいから……興奮し過ぎてますね、すみません」

我慢の汁は大量で、靖子の手首に伝っている。茎を上下にしごく指先が、くちゃくちゅ、じゅぐぢゅこ……と、汁濡音を大きく響かす。

「いいのよ。その方がやり甲斐があります……ほら、もう見るのは充分でしょう？

麻紀ちゃんも手伝いなさい。まずは真一さんをぬめらせてあげて。あなたの唾で」

と、傍らで、頬を赤らめている妹に促す。促しながら、自らち×ぽの先に俯き、尖らせた唇から、天然の潤滑液を滴らせる。

「ほら、簡単でしょう？……そう、いいわ……たっぷりしてあげなさい。もっと舌を伸ばして……できたら、そのまま先っぽをくすぐってあげて」

「あぁ、そんな、おち×ぽを舐めるなんて……こう？」

涎で濡れた舌先で、真一の穴をくすぐる麻紀は、羞恥しながら、舌先で、びくびく、びくん……と、歓喜に脈打つ真一を知ると、そのまま裏筋に舌を与えた。

「いいわ。とっても素敵……姉さんも手伝ってあげます……じゅる。ぬめえ。ちろ」

真一に左右から寄り添った姉妹が、ち×ぽに愛を捧げている。靖子の舌が巧みに踊り、大人の手管で真一を震わせ、麻紀の健気な唇がそれを真似て、少しずつ女になっていく。

「あぁ……あんまり上手に靖子さんがしごくから、僕……うう……麻紀さんのぬめりもすごくいいです……あぁ、またそんなに……ち×ぽぬらぬらだ……いやらしい」

寄り添って、ち×ぽに奉仕している姉妹を見ながら真一がうめく。アブノーマルなシチュエイションが、いつになく真一を昂ぶらせてもいた。

それは靖子ももちろん同じだ。模範演技を建前に、真一を愛撫している歓びと興奮が、いっそう手管を淫らにしている。

「あん、おち×ぽイキそうなのね？　いいわ、このままお放ちなさい。男性の勢いのすごさを、麻紀ちゃんに見せてあげて」

妹の涎をつかってち×ぽをしごきながら、靖子は真一の乳首をしゃぶってやる。先っぽは妹に譲っている。代わりに空いている手を尻奥に忍ばせ、アナルや袋をくすぐっている。射精間際の大人の細やかな愛撫を、麻紀にしっかり見せてやりたい。

「それも素敵なんだけど……できれば、このまま、挿入のお手本も見せてくれないかしら？　一通り流れで教えてもらった方がいいと思うし……ダメかな？」

勢いを増した姉の手を止め、ち×ぽから顔を起こして麻紀が言った。その唇は、垂らした涎ですっかり濡れて、処女を大人の色合いで染めている。

麻紀の言葉を聞いた二人は、一瞬戸惑い、見つめ合ったのもつかの間、すぐに気持ちを一つにした。今日は麻紀のための日なのだ。

「いいわ。麻紀ちゃんの言う通りにしてあげる。でも、ちゃんと見ているのよ？　恥ずかしがって目を閉じたりしたら承知しないいんだから」

ことさらに姉の威厳を見せて靖子が言うのは、自分を戒めるためでもあった。

妹のためだとか言っているくせに、靖子は、真一を愛することに夢中になってしまっている。これでも大人の女だから、身体が熱くなっている。ち×ぽの硬さを唇で感じ、その熱を頬で確かめながら、靖子はすっかり女になっている。

（でも靖子、今はそれではいけないのよ？　麻紀ちゃんのことを考えて冷静に……あぁ、でも、そんなの無理だわ……こんなに素敵なおち×ぽを入れて感じないわけがないもの……）

女と姉の狭間で靖子は惑う。

そっとま×こに触れてみた。

待ちわびている花びらが緩んで、驚くほどのぬめりが漏れた。ますます自信がなくなってくる。

そんな姉の戸惑いも知らずに、麻紀はベッドから降りると、二人のための空間を作る。

「姉さんはああ言ってますが、真一さんもよろしいでしょうか？」

「お二人がそうしたいのなら僕は……なんだかすみません」

最後の言葉は靖子に言った真一は、興奮を隠すことができないでいる。事情はどうあれ、念願の靖子との交わりが現実のものになろうとしている。

「くす。なんだかますます元気になっているみたい……姉さんとの方が、やっぱり嬉しいみたいね？」

「そ、そんなことありません！　あくまで僕は、麻紀さんの初めてのために……」

「ば、馬鹿なこと言わないで！　あなたが見せて欲しいって言うから私は……」

異口同音に本心を隠す二人が麻紀は可愛い。この交わりは、麻紀なりの二人への思いやりのつもりだ。

(私のために、色々迷惑をかけてしまったんだもの、せめてこれくらいは……そしてこのことが、二人のきっかけになってくれればいいのだけれど……)

それに麻紀は確かめたかった。あの時の歩美の歓喜の表情を、今度は靖子で見てみたかった。男性と愛を交わしている女性の気持ちを、自分のものにするために。

「変なこと言ってごめんなさい。そうですよね、姉さんも真一さんも、私のために、恥ずかしいのを我慢しているんですよね。私、お二人のおま×こを真剣に見ます」

ベッドの脇に跪いた麻紀を横目に、二人は無言でベッドに寝そべる。シーツの海に靖子が仰向けになった。その上に真一が覆い被さる。

部屋は無言になった。三人三様の興奮と羞恥と戸惑いの中、靖子と真一が一つになろうとしている。

「いきますよ？……セックスを、します……」

「あぁ、入れるわ……入ってくるのね……真一さんが……」

麻紀を意識に入れて囁きながら、真一が腰をま×こに寄せると、待ちわびたように靖子が握り、花びらの奥へと誘導していく。手馴れた大人の挿入の仕草を、息を殺して麻紀が見ている。亀頭と膣口が触れ合い、靖子と真一が低くうめく。二人を見ている麻紀の目はまん丸になっている。無意識にま×こに触れている。

いかに真一が逞しかろうと、大人の二人の交わりは難しくはない。

「あ……く、ふう……ひ……久しぶりなのに、こんな……太い……うう……」

八年ぶりの交わりに、戸惑い、驚き、羞恥しながらも、靖子は真一を素直に受け入れていく。亀頭が沈み、茎が後につづき、根元まで刺さる頃には、ま×こは女汁を溢れさせ、満足そうに花びらを緩める。

真一は言葉にならない。

「う……うう……あ……ひ……く……」

大好きな靖子に入れている感動と興奮が、真一から言葉を奪っている。二人の性器を見下ろして、沈んでいく屹立に溜め息をこぼす。襞の感じを確かめるみたいに、時おり止まって溜め息をこぼす。本当に幸せそうで、麻紀はちょっぴり妬いてしまう。

悔し紛れに心で呟く。私の時も、そういう顔をしてくださいね。

「あぁ、靖子さん……靖子さん……ま×こ気持ちいいですぅ」

「ひん！……も、もう少し優しく……あう！　あ……ひ……くふうん」

二つになったと同時に、二人は互いを求め合う。靖子に覆い被さった真一が、大きく腰を振ってま×こを求める。逞しく動く尻にえくぼが浮かび、それに合わせてま×こが泣いて、靖子が美貌を切なげに歪める。あえぎながらも腰を揺らして快感をねだる。普段のしとやかさをかなぐり捨てた靖子が、処女の麻紀にはとても眩しい。

「あぁ、二人ともとっても素敵です……おま×こしてる靖子姉さんってすごく綺麗だわ……真一さんも男らしくて……居候とかからかってごめんなさい」

「そんなことより、もっと近くにいらっしゃい。そこじゃ見えないわ」

「靖子さんの言う通りです。僕たちは、麻紀さんのためにしてるんですから」

靖子の言葉を耳にして、求め合いながら二人が微笑む。身体を開いて性器を見せる。

「あぁ、愛し合ってる二人を近くで見るなんて恥ずかしいけど……あん、ずっぽり」

思わず呟き、目を見張る。濡れたま×ことち×ぽが、ぐぢゅ、みぢゃ、ぬぽぬぴ……と、耳に淫らな濡音を響かせ、麻紀に歓喜を見せつけている。

「男女のここって、興奮するとこんな風になるのね？　知らなかったわ……ああ」

麻紀の溜め息が濡れているのに、真一と靖子が気づき目配せをする。名残惜しいけれど、そろそろ終わりにしましょうか?

「どう? 男女が一つになるのって、こんなに素敵なことなのよ。それに、案外簡単だったでしょう? さ、次はあなたの番よ。姉さんと場所を代わりましょう」

抜きかけた姉を麻紀が止める。

「だめですっ。出して、お射精するところも見せてください。真一さんも、靖子姉さんのために、うんと放ってあげてください。お二人も、その方がいいでしょう?」

「その方がって……嫌な子」

「僕はどっちでも……」

「だったら早くつづけてください。麻紀に大人のお射精を見せてください」

麻紀の言葉に、二人は頰を真っ赤に染めるも、すぐさまふたたび深く繫がり、激しい愛を紡ぎはじめた。

「で、どこに出したらいい? 私は外がいいと思うわ。真一さんの勢いがわかるし……あぁ、すごく硬くなって……ひ……は、早く決めて……麻紀……ぐ」

興奮した真一が、ますます激しくま×こするから、靖子は言葉がつづかない。今は裸身を起こされて、茶臼の体位で求め合っている。尻の奥、アナルの向こうで、濡れたま×こに真一が抜けては刺さり、垂れた女汁がシーツを濡らす。

「ど、どこにですって？　やだ、靖子姉さんたら……そんなこと処女の私に決められません。お二人で好きになさって……もう、どこに、ですって……ばか」

姉妹のはしたないやり取りを耳にしながらも、激しく腰を振っていた真一が、まんまと我慢の限界を超えてしまう。

「うぐ……ひ……あぁ、ま×こが猛烈にぬめぬめになってきた……ぼ、僕もうダメそうです。だから早く決めて……誰でもいいから……うう……あぁ！　もうダメ！」

叫びながら抜いて立ちあがると、靖子の美貌めがけて精を放つ。初めから顔射するつもりではなかったけれど、結果的にそうなってしまった。

「あぁ、ごめんなさい。勝手に出しちゃいました……うう！……ぐ……ひ」

抜いたち×ぽを激しくしごき、真一は、靖子に撒き散らす。本当は、もちろん膣に出したかった。でも、いくらなんでもこの状況では勇気が出なかった。で、顔射。

「勝手に出すのはいいの。本当よ？　でも……まさかこんな……あふ……熱いお汁が次々と……あん……初めてで顔射？　真一さんたら……あん、勢いがすごい」

半分呆れ口調で靖子が言う。半眼になって、白汁雨を顔いっぱいに受け止めている。おでこや鼻先、唇に瞼、果ては髪や耳朶にまで、真一の興奮は飛び散っている。鼻で呼吸し風船を作り、恥じた靖子は口を開いた。途端に真一が塊を放ち、舌がねっとり濡れていく。

「あぁ……や、靖子……さん！……うう……す、敵ですぅ！……が、顔射……興奮する……ごめんなさい……好きです……大好き……ああまだでるぅ」

気持ちのままに真一は放ち、感情にまかせて告白をする。もちろん気づいていない。しごき、放ち、見惚れている。

「あん、真一さんたら、どさくさ紛れに……これで終わりじゃないのよ？　それをお忘れなくね？　あぁ、こんなに出して平気なの……終わりになさい……ぱく」

予期せぬ告白に、違った風に頬を染めながら、靖子はつい咥えてしまう。溢れる汁を呑み干しながら、ち×ぽに舌で想いを伝える。

そんな二人が、麻紀は素直に嬉しかった。

「あぁ、二人とも素敵です……気持ちの通じ合っているのが伝わってくるお射精ですわ……あん、姉さんたら、すごく美味しそうに真一さんを……はあ、ふう……暑い」

とんだことをお願いしたくせに、もとより二人の気持ちは承知、これで少しは罪悪感も減る。それになにより、想いを遂げた二人は本当に素敵で、麻紀は今こそはっきりと、自分も女になりたいと願った。

あらかた放って、ようやく真一は、すぐ側にいる麻紀に気づいた。靖子も同じで、二人そろって頬を染めた。無論、罪悪感も少なくない。愉しんでしまった。

「さ、さぁ、観察はこれくらいにして、今度は麻紀さんの番です。僕とセックスしましょう。僕のち×ぽで初体験してください」

白汁まみれのち×ぽを揺らしながら、真一が麻紀をベッドに誘う。それに気づいた靖子が、妹に場所を譲りながら真一の腰に美貌を寄せる。

「待って。その前に綺麗にしないと……ぱくり……もごもご……一生の思い出になることなのだから……ねろん……ちゅ、ちゅぅ……すごいわ、むしろ硬いくらい」

仰向けになった麻紀を横目に、ひとしきり真一を舐め清めると、靖子はち×ぽを麻紀へと誘う。固く目を閉じていた麻紀が、気配を察して脚を開いた。むわ……と、立ちのぼってきた処女の薫りが、部屋の空気の色合いを変えた。

「せっかくの初めてが、僕なんかですみません」

仰向けの麻紀の、あまりに可憐な処女の風情に、思わず真一は謝罪してしまう。同時に、靖子に抱いたのとは別の興奮を、はっきり身内に感じている。

「望んだことだって、さっき言いませんでしたか？……ああ……触れた、わ……う」

灼熱の硬さを粘膜に感じて、思わず声がうわずる。さっき見ていた姉の姿を自分に置き換え、麻紀は期待をしている。怖いけど、女になれる瞬間を待ちわびていた。

そこからしばらく記憶がない。

「ぐ!……ああ!……ひ!……ふう! あ……あ……ぎ!……ん!」

思いとは裏腹、三十路の処女は手強い。緊張と痛みが呼吸を浅くし、麻紀の胸が忙しなく揺れる。

「麻紀さんのここ、すごく狭い……うう……ち×ぽが弾かれそうです」

「もう少しお腹の力を抜きなさい。そうじゃないとなお痛いわよ。頑張って」

二人の声が遠くに聞こえる。麻紀の身体はま×こになっている。膣口から喉元にまでち×ぽを感じている。身体ごとち×ぽに貫かれている感じ。ま×ことち×ぽ。ち×ぽとま×こ。ぐぢゅ。ずぼ。ぬちゅぐぢょ。みりみり……。刹那、脳裏に閃くのは、あの日の歩美とさっきの靖子。気持ちよさげな歓声。揺れる乳房。ま×こは濡れていた。

(そ、そして今度は私も……とうとう私も……ほ、本当の女に……あ……ああ!)

ま×この底が抜けるような錯覚とともに、真一の腰が動きを止めた。

「……は、入った、の? 真一さんがぜんぶ私に……私、女になったの?」

痛みと興奮に朦朧となった麻紀が、誰にともなく呟いた。やけに股間が熱かった。

真一と靖子が同時に頷く。

「僕のち×ぽ、すっかり麻紀さんに入ってますよ。あぁ、すごく素敵な感じだ」

「よく頑張ったわね。初めてに真一さんはさぞつらかったでしょうね。偉いわ」

「頑張っただなんてそんな……みんな二人のおかげです……ありがとう……本当に嬉しいわ……でも、もう少し痛くなかったら、もっとよかったかも」

照れ隠しに麻紀が笑って、つられて二人の頬も緩んだ。

三人それぞれに、今を噛みしめている。

真一は動かない。麻紀の呼吸の落ち着くのを待っている。麻紀は真一にしがみつき、形のいい胸を弾ませている。裸身は破瓜の汗に濡れ、大股開きにされた内腿が痙攣をしている。靖子は黙って二人を見つめている。

そんな麻紀の初体験。

もちろん麻紀は幸せだ。仮にも好きな男性と初めてをしている。

(この感じ……おま×こいっぱいの真一さん……私、一生忘れないわ……)

麻紀の身内が歓びに満たされていく。そして願わずにはいられない。姉さんと上手くいかなかった時にはどうか私と……。その時は絶対に譲らないつもりだ。歩美は強敵だ。もしかしたら未佳子もライバルになるかもしれない。でも。

さまざまの感情を噛みしめながら、麻紀はま×この違和感と戦っている。幸せなのは確かだけれど、ま×こがじんじんしているのも現実だ。深呼吸して誤魔化す。

「真一さん、キスしてください……ん……ちゅ……くちゅ……んふう」

重ねられた唇から愛を伝える。気持ちが通じ合った気がした。痛みが少し遠ざかる。

「そろそろ、少しだけ動いてみますね？　痛かったら言ってくださいね？」

麻紀が頷くのを待って、真一が、ゆっくりち×ぽを抜きにかかる。

途端に――

「っくう！……ひっ！　っさ！　裂けそう！……ひん！　んぐう！　や、破けちゃうよお！……あぁ、す、すごいわ、こんなに……ひ……暴れてる……し、真一さんのおち×ぽが……ああ！」

姉がいるのも忘れて麻紀が叫ぶ。部屋どころか、家中に響くほどの声で叫んでいる。

もちろん真一は気遣っている。動きはごくわずかだ。でも、麻紀にはそれは関係ない。破瓜の痛みを忘れるほどに、ま×こいっぱいに漲る男は衝撃的だった。初めて抜き刺しされる感動は、それほどまでに鮮烈だった。

（こ、こんなに刺激的だったのね？　こんなに……うう……せ、セックスって、こんなに互いを感じ合えるものだったのね……）

痛みと感動と羞恥、それに名状しがたい感情に彩られた涙に瞳を濡らしながら、麻紀はち×ぽをまざまざと感じている。

身体のど真ん中に、熱せられた野太い鉄棒が刺さっている。ま×この襞を焦がしている。ま×こはいっぱいになっている。襞が伸びきっている気がする。子宮を飛び越えて、胃の底で麻紀は真一を感じている。

「あぁ……あぁ……すごい……あう……本当に……すごい……うう……」

正常位で挿入されたまま麻紀は動かない。ひたすらま×こで、いや、全身でち×ぽを感じている。身体がひどく熱い。股間は燃えている。

破瓜の痛みは想像以上だった。でも、出血はごくわずかのようだ。さっき姉が見てくれた。ち×ぽの刺さった自分を見られるのは恥ずかしかった。

でも、それ以上に、麻紀の裸身を感動が駆け抜けている。

(私も、ついに……とうとう……なれたのね……大人の女に……あぁ……)

嬉しい……と、乾いた唇で呟く。それに気づいた真一が、僕でよかったんですか?

……と、申し訳なさそうに呟いてくれた。

「もちろんです。私、真一さんのこと好きですから……あ、姉さんごめんなさい」

「私のことはいいから、せっかくの初めてに集中なさい……いい思い出にしてあげてね？」

最後の方は真一に言って、靖子は頬をほんのり染めた。さっきかけてもらっているので、機嫌はあまり悪くないみたいだ。姉は妹を想い、妹は姉を尊重している。だから真一も、今の悦びに夢中になれるのだ。

「こ、このままつづけてもいいですか？　せっかくですし。あ、痛かったらもちろん言ってくださいね」

「お気遣いありがとうございます。もちろんいいですわ。そうでないと、本当に女にはなれませんし、真一さんにも、気持ちよくなっていただきたいですから……」

さぁ、どうぞ……と、歓迎の笑みを浮かべながら、麻紀の緊張は最高潮に達していた。あの日の歩美が目に浮かぶ。いよいよだ。

（いったい、どんな素晴らしいことが、おま×こに起きるのかしら？……）

真一の手を腰に感じた。男の力で固定される。少し怖い。でも、それ以上に……。

「あぁっ」

ずる、り……と、ち×ぽの抜ける感じがして、ほとんど同時に、麻紀の目の前に火花が飛んだ。その後も容赦なくち×ぽは抜けて、ずる、ずずずう……ぐぢゃ……と、濡汁音を奏でながら、麻紀に絶叫させてしまう。

「ひい！　こ、こんな、こんなに？　うぐう！　あうぐ！……こんな……ああ！」

ついさっきの動きが、おままごとのように思える。今のち×ぽがもたらしたのは、膣襞ごともっていかれそうなほど強烈な衝撃だ。

「ひん！　んぐう！　あ！　く！　ぎ！」

快感よりも痛みが優り、麻紀はひたすら嗚咽しながら、せめて擦れる感じを減らそうと、精一杯に脚を開いている。それでもしかし真一は、処女にはやはり大きいから、とにかく麻紀は耐えるしかない。

ちょっぴり後悔してさえいた。

（こ、こんなことで……うう……大人の女になんかなれないわ……あう……それどころか……ぐっ……壊れちゃうかも……）

さっきまで、あれほど昂ぶり、待ち望んでいた真一なのに、今では腰の一刺しごとに、麻紀は逃げ出したくなっている。

男に慣れていない膣が、太さと硬さに蹂躙される痛みは、破瓜のそれとは比較にならない。まるで刺のついた灼熱の鉄棒に、ま×こをこそぎ取られているようで、麻紀はつい、触って確認してしまう。

「大丈夫ですか？　痛かったらやめますよ？」

真一の声が上から聞こえる。仰向くと、心配そうな顔が見えた。

「ちょ、ちょっと痛いけど平気よ。だからつづけて。でも、もう少し緩やかにしてくれると、もっと感じれるかも……お願い」

よっぽどひどい顔をしているのね……と、思いながら、麻紀は精一杯の笑顔を作る。同時に決意した。どんなに痛くても終わりまでする。自分が望んでしてもらっているのだ。

「わかりました。もっとゆっくり動きますね？　でも、麻紀さんのここ、僕にはすっごく狭いから大丈夫かな……じゃ、いきますよ？」

やっぱり――

「んぐう！」

どんなにゆっくり動いてもらっても、真一の大きさと太さは変わらない。

麻紀の苦しむ姿を見かねて、とうとう靖子が口を開いた。

「二人とも少し待って。それじゃ、痛いばかりだわ」

近寄ってきた靖子が、二人の交わっている部分に顔を近づけていく。麻紀はもちろん恥ずかしい。でも、今は痛くてそれどころじゃない。

「やっぱり。緊張ですっかり乾いてしまっているわ。さぞ痛かったでしょう？」

妹の女を確認して姉が言った。

「あぁ、靖子姉さん、私、どうしたらいいの？　こんな中途半端で終わりじゃ、真一さんにも悪いわ」

「大丈夫。姉さんにまかせておきなさい……さ、真一さん、つづけて」

青ざめている妹の頰を撫でて微笑み、姉は真一を促すと、ふたたび二人の股間に俯く。愛し合っている男女を間近に見て、さすがに頰が真っ赤になっている。でも、躊躇ってはいない。

「さぁ、リラックスなさい。いますぐ楽にしてあげるから……ぬちゅ、うぅ……じゅる……れろん……あん、真一さんたら、弾けそうになって……くちゅ」

一つになっている二人のそこに、姉が涎を幾筋も垂らして潤いを与え、緊張が少しでも解れるようにと、花芯と花弁を優しく舐める。もちろん真一も忘れない。

姉が遣う舌の濡音に、性器同士の交わるそれが、次第に混ざり、大きくなる。

「あ……気のせいかしら……ん……なんだか……楽になってきたみたい……ふう」

麻紀の声に甘さが増した。身体の線から緊張がなくなり、無意識に腰を動かしはじめる。

麻紀の変化は、もちろん真一にも伝わってくる。

「あぁ……本当だ……ま、麻紀さんが段々……よくなってる……僕のち×ぽにぬめぬめして……あぁ、とても狭いから、ま×この襞をすごく感じますぅ」

処女にゆっくり、とてもゆっくり抜き刺しをしながら、しかし真一は急速に昂ぶっている。初めての男になった興奮はやはり大きい。それになにより、麻紀に刺さった己がち×ぽを、よりにもよって靖子が舐めている。興奮しないわけがない。

ぎこちない交わりは、次第次第に滑らかになり、いつしか姉の助けもいらぬほど、麻紀の女はしとどにぬめり、ち×ぽの抜き刺しに歓喜している。

「あぁ、麻紀さん、僕もうダメになりそうです。麻紀さんのおま×こが素敵過ぎて……あぁ、どんどんよくなってきてます……最高だ……出したい……」

リードするはずの真一が先に音をあげてしまう。姉の助けで、どうにか女になった麻紀なのに、この数分の交わりで、驚くほどに艶っぽくなった。

「あん、真一さんたら、汗びっしょりになってます……お射精なさりたいのなら、どうか遠慮しないでください……私も欲しい……初めての記念に……だから」

抜かずにお願い……と、ちょっぴり甘えた声で、膣出しをねだる麻紀はすでに女、高まるばかりの歓びの波動は、ま×こに自然と潤みを与え、姉の助けもいらないほどに、恥ずかしい抽送の濡音を響かせている。

「え、な、膣に、ですか？　でもそれはあまりに……うう……ひ」

ねだられた真一が、困惑した目を姉に向けた。

「ふしだらな妹でごめんなさいね？　でも、せっかくの初めてですし、どうか麻紀の望み通りにしてあげてください……私は平気ですから」

二人の本意に気づいているから、精一杯の笑顔で靖子は言ってやる。射精を促すように、眼前のち×ぽに舌をぬめらす。

こんな時でも麻紀は慧眼だ。

「あぁ、靖子姉さんありがとう。姉さんがいなかったら私、こんな素敵な初めてはできなかったわ。真一さんにもお礼を言います。本当に感謝してます」

複雑な気持ちのはずの姉の頭を、優しく撫でて謝辞を伝える。姉の助けがなかったら、あの時の歩美に憧れつつも、きっと麻紀はなにもしなかった。きっと今でも処女のままだったはずだ。

「お二人の気持ちはよくわかりました。じゃ……うう……僕もう……本気で……」

真一の腰が活発になった。もちろん、さっきの靖子の半分も動かない。でも、急速に昂ぶっていく。

「あぁ、真一さん、私のおま×こで感じているのね？　どんどんおっきくなってきました……あう！……ひぃ！　擦れる！　え、えぐれ、抉れるぅ」

麻紀の顔から余裕が消し飛び、射精間際の男の無慈悲に冷や汗を流しはじめる。でも、真一の腰から逃げようとはしない。筋が浮くほど内腿を開き、ま×こを愛されるがままにされる。

真一は我慢しなかった。

「ああ！」

最後に、ゆっくり奥まで貫いて放つ。自分の快感は追わずに放った。この射精は麻紀のものだから、膣襞の一枚一枚が、射精の戦慄きを感じられるように、ゆっくり、長く、しかし痛くしないようにと、細心の注意を払って放っていく。

麻紀も射精を歓んでいる。

「あぁ……感じて、ます……真一さんが迸るのを……熱いわ……ま×この奥がとっても……おち×ぽが揺れてる……びくん、びく、って……あぁ、なんて素敵なの」

いつの間にか痛みも去り、真一の硬さと勢い、そしてなにより気遣いを、ま×こいっぱいに感じている。真一の尻に手をやり、吐精の震えを確かめる。

傍らで、靖子が二人を見守っている。

「妹に最後まで気を遣っていただいて……ありがとうございます」

妹に放っている真一に、靖子はそっと頭を下げた。真一が、自分の快感を追いかけていないのを姉は感じていた。だからこそ靖子は素直になれた。

「お礼を言うのは僕の方です。こんな名誉な大役をもらって……感謝してます」

妹に放ちながら、真一が姉の手を握った。目で言う。次は靖子さんに出させてください。姉が返事を目で返す。今は妹に集中してっ。

真一の部屋は、男女の薫りで満ちている。

それを不快だとは、三人の誰も思ってはいない。

第五章　未亡人が身体で引き留めようと…居候が家を出て行く日

1

初夏の夜。

裸でももう寒くはない。

全裸で二人は愛し合っている。

真一はもう軽く汗ばんでいる。未佳子の乳房も艶やかに光る。

未佳子を求めた真一の腰がテーブルに当たり、二人きりのリビングに大きな音が響く。でも、二人はまったく気にしない。

「こういう時は、お家が広いと便利よね……思い切って買ってよかったわ……んちゅう……おかげで、こんな素敵なおち×ぽとも会えたし……ちゅ」

悪戯っぽく呟いた未佳子が、手の中の亀頭に口づけをする。穴が震え、真一がうめく。

「ひどいや、僕じゃなくて、ち×ぽに会えたのを喜ぶなんて……持ち主にも感謝してくださいよお」

甘えたように真一は言うと、もっと味わってくださいとばかりに、未佳子の口を優しく犯す。初夏の夜の二人は大胆だ。

五人で暮らしていても、広大と言っても差し支えない真一の元実家だから、少しくらいの声をあげても、二階で寝ている三人には、間違いなく聞こえない。

初夏の夜は更けゆく。

時計はすでに明日を示し、数時間が過ぎつつある。辺りに立ちこめている静寂が、淫らな色に染まっていく。

初夏の夜は愛欲に濡れている。

灯された、小さな間接照明が、二人の裸身を部屋に浮かばせている。こんなに暗くても、未佳子の肌は眩く白い。

「あん、もうこんなになってしまって……んふう……あん、いきなり指？　最近の真一くん、ちょっと馴れ馴れしくない？　これでも年上なのよ、私」

未佳子が真一を見上げて鼻を鳴らす。おしゃぶりのせいで唇が濡れて、淡い灯りに艶っぽく光る。その背中越しに、真一の手がま×こに伸びて刺さっている。

「だって、未佳子さんがいけないんです。会うなりしゃぶったりするから……その気になっちゃいます……あぁ……そうやって舐めるからますます僕は……うう」

真一の指が大胆になる。未佳子が艶っぽく腰を揺らし、唇に力をこめる。

この光景を、真一は一昨日にも見ている。その時は今夜より少し寒くて、未佳子の尻に鳥肌が立っていたことを、快感の中で真一は思い出している。

麻紀とのことがあってから——

居候の日々は彩りに満ちている。

「昨日は誰が来たの？……歩美？　それとも麻紀かしら？　あ、まさか二人一緒に？……あん、硬いのね。昨日だって激しくしたんでしょうに……浮気防止に、今夜は全部吸い取っちゃうから」

冗談とも本気ともつかぬ口調で言いながら、未佳子は真一のことを見上げた。唇がち×ぽを甘咥えし、涎をじんわり滲ませている。尻を揺らして、指の刺さったま×こを泣かす。

「だ、誰だっていいじゃないですか……そういうことを、こういう時に訊かないでください……あぁ、その舌気持ちいいですぅ」

未佳子の追及をかわしたくて、ちょっぴり大げさに声をあげてみせる。もちろん気持ちいいのは本当だから、ち×ぽはますます硬直し、さすがの未佳子も、おしゃぶり途中の呼吸が苦しげだ。

「あん、そういう顔をされちゃうと……ぬちゅう。ちろちろ……もっとよくしてあげたくなっちゃうじゃない……れろお。むちゅ。そういうとこ、上手よね？」

真一の計略は図に当たり、未佳子はおしゃぶりによりをかけはじめる。両手で茎を縦に握って、あまった亀頭を甘く咥える。音を立ててしゃぶる。涎を垂らして茎をしごく。玉を揉む。リビングに濡音が響きはじめる。

「あぁ、そのままディープスロート、してください……気持ちいい……うう……ち×ぽいっぱいに舌がぬめって……最高」

亀頭が痺れてくるのを感じて、未佳子の頭を抱きかかえると、真一は、ち×ぽで朱唇を深く犯していく。真一をここまで深く咥えるのも、腰を遣われても平気なのも、四姉妹の中では未佳子だけ、唇も舌もとても甘くて、おまけに全部呑んでくれる。

「も、もう出したくなってきちゃいました……未佳子さんの唇、最高ですぅ」

だから未佳子と愛し合う時、ついつい真一は口内射精をおねだりしてしまう。一晩に、三度口に放ったのは、四人の中でも未佳子だけだ。

「あん、そんなこと言って。歩美とかにも同じことを言ってるんじゃないの？」

などと、憎まれ口を利いている未佳子は、しかし嬉しそうに真一を見上げている。お礼のつもりか、艶っぽい汗に濡れた尻をたおやかに揺らして、指の刺さったま×こを泣かす。真一はもちろんそれだけで夢中、ち×ぽをますます大きくさせて、それを唇で察した未佳子が、おしゃぶりしながら瞳で笑う。

「それじゃあ……むぐ。くちゅぢゅう……すっかり逞しいあなたを……じゅぼっ、ぶぢゅっ、ぬぽ。ぷはあ……仰せの通りに……ぐぢぶぢょ。ぬぽぬぴ……」

最後まで言葉にせぬままに、未佳子が本気の口ま×こをはじめる。真一の腰を両手で抱え、頭を大きく深く振り、朱唇でち×ぽをしごき立てる。

一分と持たなかった。最初はいつもこうだ。

「っイ……っクう！」

ち×ぽが蕩ける錯覚とともに、未佳子の喉奥に真一が放つ。遠慮はしない。頭を抱え、腰を突き出し、未佳子の朱唇を茂みに押しつけ、思う存分撒き散らす。

「んぐう……ぐ、う……じゅぼぐぢ……んふう……ふうん……ぶぽ」

大人の未佳子が苦しげにうめく。野太い真一に口を塞がれ、口腔を汁で一杯にされて、呼吸困難に陥っている。荒くなった鼻息。夢中の嚥下に喉が震える。咥えたままで真一を見上げる。瞳が言っている。私を地上で溺れさせる気?

そんな未佳子を見るのが真一は好きだ。

そして、もっとしたくなってしまう。


麻紀とのことがあってから、真一は四人みんなと交わっている。場所と時間は色々だ。一日一人とも限らない。

だから真一は休む間がない。朝に歩美におしゃぶりをされて、夕食前に未佳子に膣出し、翌日には、朝一番で麻紀が来て、恥ずかしそうにま×こを開く。

そんな日々がつづいている。四人は互いを尊重している。だから喧嘩になることはない。もちろん、真一の反応から相手とのことを察して、愛戯が激しくなったりするが、とにかく姉妹の仲は良好だ。むしろ前よりよくなったかもしれない。

歩美も麻紀も、前よりもずっと明るくなった。二人の姉への態度にも、女としての自信に満ちて、すっかり大人になっている。それになにより、自分に自信を持てた二人は、前よりももっと綺麗になった。

ますます素敵になった四姉妹は、真一を毎日悦ばせてくれる。

もちろんそれを真一は喜んでいる。四姉妹は、みんながそれぞれに美しく魅力的だ。喜ばないわけがない。

でも、すべてが順調、というわけでもなかった。

射精が終わった真一を、未佳子はソファに仰向けに寝かせた。

「今度は私の番よ。たっぷり可愛がって……んふう……ぢゅるう……でも、とっても舐め甲斐があるから……むふう……だらり……ぬめえ……入れるのが惜しいわ」

放って緩んだのもつかの間、前よりも硬くなった真一に、しつこく舌をぬめらせていた未佳子だったが、やがて抜くと、ち×ぽを起こして跨った。騎乗位で腰を振る未佳子は、とっても優雅で艶っぽいから、真一も期待でますます硬くなる。

「あん、こんなのに串刺しにされたら私どう……ひ……なっ……てうぐう……しま……ひ、来てる……なっちゃ……え、エラが擦れ……あぁ広がるう……ぐ」

腰を落とした未佳子の顔が、ち×ぽの硬さとデカさに当てられ、みるみる蕩けた泣き顔になる。ゆっくり姿を消していく茎に、垂れてきた未佳子の女汁が筋を引き、それを見ながら真一がうめく。

「あ……うう……すごい、未佳子さんのおま×こ……すっかりぐちょぐちょで……うぐ……ぬめぬめで……さいこふ、ですぅ」

亀頭はすでに悦楽の坩堝に包みこまれて、半分くらいは溶けた感じ。茎にぬめる膣襞。粘膜の甘さが堪らない。

「あぁ、おっぱいもすごくいやらしくなって……んちゅう。くちゅ。ちゅうちゅう」

真一は起きあがり、目の前の乳房にむしゃぶりついた。取れそうに勃起した乳首を音を立てて吸っていると、あっという間に限界が来る。

「あぁ……くちゅくちゅ。ぬちゅ。ちゅばちゅぴ……僕……くちゃ……出そう」

「あん、もうイってしまうの？　でももう少し待って、私も一緒にイキたいの……くう……ひん……あぁ、あなたがますます……おっきい」

真一の間際を悟った未佳子が、艶やかに裸身を揺らしはじめる。真一に抱きつき、尻を前後に忙しなく揺らして、ち×ぽに串刺しにされたま×こを泣かす。

「あん、こうすると……ひん……わ、私もま×こいいの！　ま×こ溶けそうなの！」

泣きべそ顔で、真一に訴える未佳子は、しかし動きを止めるどころか、いっそう激しく尻を振り、ま×こでち×ぽを求めていく。卑猥に前後に揺れる尻が、アナルとま×こを割れ目に晒すが、残念なことに、その素晴らしい光景は、この体位では真一は見れない。

「あぁ、ま×こに……うぐ！　ぶ、ぶっさり刺さって……る！　ぼ、くの……う！」

だから真一は、尻を抱えた手をずらして、二人の性器を指で確かめる。ぬめぬめに濡れた花びらが、激しく出入りをする茎に翻弄されている。太さに緩んだま×こが、隙間から汁を漏らしている。汗のしみたアナルの皺を撫でると、未佳子が背中を痙攣させる。

アナルは未佳子のアキレス腱だ。

「ああだめ！　奥までしながらそこは……ひ……だめって……うぐ……あ、ああ、あなたって子は……大人に悪戯なんかして……本当に悪い子だわ」

恨めしげな目で真一を見つめるくせに、もちろん未佳子は感じているから、いっそう激しく裸身を揺らしてしまうのだ。ま×この丘を根元に押しつけるように、真一の上で尻をくねらせ、濡膣襞でち×ぽを舐める。

「あぁ、ま×こがもっとぬめぬめしてきました……うぐ……こんなにされたら……ひぐ……が、我慢できなひ……早く、ねぇ、未佳子さん、まだイキませんか？　早く……お願いです……漏れちゃう……うぐ」

己の悪戯のせいで、ますます真一は出したくなりながら、しかしち×ぽの突きあげはやめない。あまりにま×こが甘くて、あまりに未佳子が淫らで綺麗で、やめたくてもやめられないのだ。

「あぁぁん、イクわ！　もうすぐ……ひぐ！　す、すぐそこに来てるの……あう」

真一の突きあげに翻弄される未佳子。おっぱいが弾み、互いの肉をぶつけ合う。尻のくねりが激しくなり、互いの茂みを絡ませる。ま×こはすでに漏らしている。

今回も負けたのはやはり真一だった。

「ま、ま×こが……ひ……すご……ひ……あぁ……もうだめ……ま×こ……しまる……ま×こ……ぬめる……うぐ！」

亀頭の先から根元までに、未佳子の濡膣襞を感じながら、真一が先に二度目を放つ。射精しながら無意識に、未佳子のアナルに指を突き刺す。

「あぁっ！　ナルぅ！　ぐう！」

指とち×ぽに二穴を責められ、堪らず未佳子も後を追う。ま×こをち×ぽに串刺しにされて、射精を子宮で感じながら、アクメの潮を噴出させる。

「あぁ、潮噴き……未佳子さんたら……大人なのに……漏らしてます」

ほら……と、真一に股間に俯かされて、未佳子が首まで赤くなる。羞恥がアナルに伝わって、真一の指に抗議するみたいに皺を縮める。

「あぁん、大人だからしちゃうんでしょう？　これもぜんぶあなたのせいなのに……

あう……こんなにおっきいのを……うぐ……私のま×こに……入れるから」

自分だって、高校生みたいに早かったくせに……と、憎まれ口のお返しをする未佳子は、もちろん怒ってなんかいない。

二人は見つめ合う。自然と笑みがこぼれてくる。互いの気持ちは、二人の性器が物語っている。未佳子は濡れ濡れ。真一はがちがち。それだけで充分だ。

「早くてごめんなさい。でも、今度はもっと長くします。期待してください」

「本当かしら？　でも、まずはお掃除ね？　きっとどろどろよ？」

脈動を終えた真一を抜く。下向きのま×こから、大量の汁が滴ってくる。

「あん、もったいない……れろん……じゅるう……あん、こっちも……ぱく」

股間に手をやり、垂れた精液を舐め取りながら、未佳子はち×ぽをしゃぶりはじめる。未佳子は精液の処理にティッシュは使わない。一滴残らず舐め取ってくれる。

今夜も未佳子は素晴らしい。裸身がくねり、ま×こが泣く。涎まみれの唇は、舐め清拭に余念がない。

今夜も二人は、きっと朝まで交わるはずだ。

素敵な未佳子の唇とま×こは、いつにも増して真一を勃たせ、さらなる歓喜を未佳子にもたらす。

素敵な夜が更けつつある。

しかし――

素敵であればあるほど、真一はちょっぴり心苦しい。

2

歩美とは休日に会うことが多い。平日に休みにくい真一と、カレンダー通りではない歩美のシフトの関係上、会うのはたいてい、あの思い出の場所だ。

でも、今日はちょっぴり趣向を変えて――

「ごめんなさいね、こんな狭いところで……あん……んふう」

壁に手をついた歩美が、背後の真一に振り向いて言った。剝き出しの尻の白さがとても眩い。上が着衣のままなのは、職場で交わる時のお約束になりつつある。

歩美の横には便器がある。トイレの個室で愛し合うのは、二人とももちろん初めてだし、予定していたことでもない。

発端は、いつもの資料室が、急な事情で使えなくなったことだった。

かといって、他に適当な場所もすぐには見つからなかった。だからといって、せっかく会った二人が、なにもせぬまま別れるわけもなく、選んだ場所がトイレだった。

トイレとはいえ、居心地は悪くはない。最近の公共トイレは、多くが母子用になっているから、歩美が恐縮するほどには、真一は狭さを感じてはいない。それに、感心するほど清潔だ。

「気にしないでください。こういう場所もたまにはいいです。図書館のトイレでなんて、資料室よりもいけないことをしている感じも強いから……ふふ」

ぬらり……と、歩美から抜いて、真一は小さく笑い声を立てた。茎をねっとり濡らしているぬめりは、すでに白く色づいている。前戯もそこそこに欲しがった歩美は、入れられた途端に達したのだった。

「もう、真一くんのばか！　意地悪っ。男より先に女がイったらいけないの？」

照れ隠しに、怒ってみせる歩美だけれど、性急なアクメの余韻に尻は汗ばみ、ち×ぽが半抜けになったま×こからは、ねっとり歓汁を垂らしているから、怖いというより淫らなだけだ。それに本人もすぐに気づいて、諦めたように口元を緩めた。

「もういいから早くして。つづきをおま×こにちょうだい……こうなったら、私、もうイケるだけイっちゃうんだから……私はどうせ淫乱です。真一くんに入れられた途端にアクメしちゃうような好き者よ」

冗談まじりに言いながら、歩美は自ら尻を揺らしていく。壁に手をつき、真一に向かって尻を突き出す。半抜けだったち×ぽが、ぐぢゅ。じゅぶぢゅぽぶちゅう……と、聞くも淫らな汁音を奏でながら、盛りのま×こに沈んでいく。

「あ……く……るう……ひ……」

歩美の背中が反り返る。垣間見える美貌。切なげに目を閉じて、口はうっすら半開きになっている。こんな顔では、図書館の受付はとうてい務まらない。

「歩美さんたら、すごくいやらしい顔になってますよ？　僕のち×ぽが、そんなに気持ちいいんですか？……ほら、こうするともっと……どうですか？」

肩越しに歩美に囁きながら、真一は大きく腰を遣う。突き刺しながら腰をくねらせ、ま×こに擦れる感じを変える。歩美はこれにひどく弱い。

「あ……それ！……だめぇ！　ぐう！……くはあ！……ううう……あう！」

壁に頬を押しつけ、切なげな吐息をこぼしながら、ち×ぽの感じにすっかり夢中で、歩美は返事もできやしない。真一が根元まで入る前に数回達し、完全結合した頃には、まだ着たままのブラウスにブラの線が浮くほど、全身が甘い汗に濡れていく。

「あは、相変わらずすごいイキっぷりですね……あぁ、ち×ぽを膣が締めつけてる……引っこ抜かれちゃいそうだ。もっとしてあげますね？」

今度は便器に手をつかせた歩美に、角度を変えてち×ぽを見舞う。歪むま×こがアナルを圧迫し、困ったように皺をくねらす。

歩美の尻が、いっそうの汗に濡れる。またイったのだ。

「ああだめまだぬいちゃ……あひい！……だ、だめよまたいれちゃ……ぐう！」

抜き刺しのたびに達する。達しながらまた逝く。職場での歩美はとても激しい。自宅でする時よりも、感度が高くなっていて、ち×ぽの一刺しごとに達し、一抜きのたびに漏らすことさえ珍しくない。

「ああイク！……ひい！……っまたあ！　んぐう……んふう！　あ……死にそう」

だから今も、トイレの床にはイキ潮が飛び散り、歩美の脚にも筋を引いている。そんな淫らな歩美が素敵で、真一はますます硬くなり、大きくなった屹立で、ま×この奥の奥にまで突きこみ、夢中になってかき回すのだ。

「あぁ、またイってるんですね？　すごい、ち×ぽの動きに合わせてアクメしているみたいだ……お漏らしがかかって、根元が熱いです……うう……すごく締まる」

ブラウス越しに乳房を握る。汗に濡れた丸みを感じる。それに鼓動も逸っている。

「あぁ、私どうにかなってしまったみたいよ？　あなたに入れられただけでこんなに恥ずかしくなってしまうなんて……前はこんなじゃなかったのよ？　本当よ？」

乳房を握る真一に手を重ねながら歩美が言った。振り向いた美貌が赤くなっているのは、真一に対する羞恥のせいか、はたまた漏らす自分への情けなさ故か。単に気持ちいいだけかもしれない。とにかく、汗ばみ、火照った美貌の美しさは、ま×この熱いぬめりとともに真一を愉しませる。

「前のことなんてどうでもいいです。イキまくってる歩美さん、僕は大好きですよ？　とっても綺麗で色っぽいし、こんな美人を、僕がいいようにしてるなんて最高です……だからもっとイってください。図書館中に聞こえちゃうような声を出しながら、ま×こで死ぬほどよくなってください」

歩美の背中に身を寄せて、その耳元に囁くと、真一は互いの位置を入れ替えた。蓋をした便器に座り、背中を向けさせた歩美をち×ぽに串刺しにしていく。背面座位だ。

「あ……く……ひ……ちが……う……ところにこす……れるう！　うぐう！」

がに股になった歩美が、ま×こをち×ぽに捧げながら早くも気をやる。膝に手をつき、己が股間に俯いて、愛し合う二人の性器を見つめながら、歩美が大人の歓びに咽び泣く。

「あぁ、は、入ってる……真一くんが……ひい……私の膣に……うぐう……ま×こに……ぶさぶさ……来てるの……おち×ぽ……おっきい……好き……」

アクメしながらも、歩美は時おり腰を上下に動かし、擦れる感じを変えるから、真一の快感も高まるばかりだ。

汗ばんだ尻たぶ。震えるアナル。ぬめるま×こ。いきり勃ったち×ぽ。二人は愛し合っている。

清潔で広い図書館のトイレに、二人の嗚咽と汁濡音が、切なく忙しなく響き渡る。乱れた歩美のブラウスからは、大きなおっぱいが片方飛び出し、ずれたカップの向こうから、勃起しきった乳首を飛び出させている。今ごろそれに気づいた真一が、背後から汗ばんだ乳房を握る。

「あぁ！　おぱ、おっぱいはダメぇ！　おま×こがますます……ひ、さ、刺さるぅ」

急所の乳首を捻り刺激されて、感極まった歩美が叫ぶ。腰が忙しなさを増す。ぐちゃぐぢゅ、ぬぽぬぴ。ぐぽっ、ぶぢゅう……と、聞くも卑猥にま×こが嗚咽し、アクメの潮を虚空に飛ばす。

「イク！　逝くわ！　あなたのち×ぽで……うぐ！　ひ！　ま×こよくなる！」

今の歩美は淫ら全開、ここがどこで、今がなんの時間なのかも、すっかり忘れて、ひたすら愛戯に夢中になっている。

それは真一も同じだ。

「イって！　このままエロくなってください！　あ……僕も、もうダメそう……」

一際甘いぬめりをち×ぽで感じて、真一も激しく突きあげていく。尻を根元に叩きつけるようにしながら、自分も激しく腰を遣い、ち×ぽのすべてを歩美に捧げる。夢中の二人の重みを受けて、便器が悲鳴をあげている。

ほとんど同時に——

「あぁイク！」

「僕も……出るう！」

二人は達した。最後は真一は立ちあがり、歩美を抱えて突きあげて放った。

仁王立ちになった真一に、おしめの格好に抱っこされて、歩美が歓喜に咽び泣く。

「あぁ、こ、こんな格好で私……ひぐ！　イってる……恥ずかしい……でもイク」

壁に向かってま×こを広げ、茂みの奥にち×ぽを深く刺したまま、アクメの潮を飛び散らせる。もちろん美貌は羞恥に染まり、時おり恨めしそうに真一を見るけれど、濡れたま×こと勃起乳首が、歩美の本心を物語っている。

「あぁ、歩美さんのま×こ最高です……ねっとりぬめって……うう……僕のち×ぽを舐め舐めしてくれてる……あぁ、お漏らしが熱いよ……あ、僕のズボン……」

射精の途中で大変なことに気づいて、あわてて床を見るも遅く、脱ぎ捨てた真一のジーンズは、すっかり潮で濡れている。

「あん、ごめんなさい、夢中でぜんぜん気づかなかった……あぁ、どうしよう。替え……なんて持ってないわよね？　あぁ、私ったら、どうしてこんなに漏らすの？」

まだイキながら、己がま×こに歩美は俯き、情けなさに唇を噛む。可愛い。

「気にしないでください。なんとかなります。それよりも……ほら、もっとイって。仕事中にもやもやしないように、心の底からよくなってください……」

「もう……ばか……あう」

真一に振り向き、イキながら歩美が笑った。ところで、汗びっしょりのブラウスの替えはあるのだろうか？……などと、そんな歩美を見ながら真一は思った。

いけない場所で、素敵な時間が過ぎつつある。

しかし——

素敵であればあるほど、真一はちょっぴり心苦しい。

今も麻紀は恥ずかしがり屋だ。

だから会うのは、大抵はどちらかの部屋だ。もちろん家に誰もいない時に限る。

時々は、夜にこっそり、互いの部屋を訪れることもあるけれど、そんな時の麻紀は、声を出さないようにと、いつも真一に嚙みついて堪える。

そんな惚気はともかく——

真一が麻紀に覆い被さり、大きく腰を遣っている。闇の中で、大胆に開かれた麻紀の美脚が、抜き刺しのたびに宙を蹴り、立てつづけに襲いくる絶頂とともに、その爪先を緊張させる。

初夏の夜。窓を閉めきった部屋は、二人の熱気でかなり暑い。エアコンを点けようとした真一は麻紀に止められた。姉妹は二階でみんな寝ている。いつもと違うことをしたら気づかれてしまう。だから二人はすっかり汗だく、愛の行為をするたびに、ぬめった肌が擦れ合う。

「麻紀さんのおっぱい、すっかり汗びっしょりになってます。平気ですか？　熱中症にならなきゃいいけど……」

つかの間、腰を止めて、真一は乳首を咥える。しょっぱい。そのまま白丘に舐め下がっていくと、麻紀が甘いうめきをこぼして、甘えたようにしがみついてくる。三十路の処女には、こういう仕草がよく似合う。

「真一さんだって、すっかり汗びっしょりになってるわ……れろん……くちゃ……ごめんなさいね、私が心配症なばかりに……あん、待って、急にそんな……ひぐ」

互いの汗を舐め合いながら、その舌の感じがとても素敵で、二人は自然と求め合う。

「だって、麻紀さんたら、僕のおっぱいをいやらしく舐め舐めするから……うう……それに、入れているだけでま×こが……締まる……あう……千切れちゃいそう」

麻紀の首筋にキスをしながら、真一が腰を遣いはじめる。ゆっくり、大きく、先っぽまで抜き出したち×ぽを、同じ速度で入れていく。慣れていない麻紀に、未佳子と同じ動きはまだつらい。

それでも麻紀の衝撃は大きい。

「ひん！……んぐう！……あぁだめこえが……かぷり……んぐう！……ぐ！……」

ぐぢゅ、じゅぼじゅぐ、みぢゃずぶずぶう……と、ひときわ派手な膣濡音を、ま×こに大きく響かせながら、たまらず麻紀が、真一の肩に歯を立てる。

「ひい……かぷ……んぐう！……かぷり……あう！……かぷかぷ……ぐ！」

そのくせ、もう処女じゃない麻紀の腰は、ち×ぽの硬さをねだるみたいに、自然と淫らに動いているから、本人は歓喜の声を抑えることに必死、真一の肩のあちこちに、可愛い歯形を印していく。

「ふふ、麻紀さんたら……僕のち×ぽで、すごく気持ちよくなってるんですね。でも、あんまり我慢しない方がいいですよ？　顔が真っ赤になってます」

つかの間、愛の行為を真一がやめると——

「あぁ、真一さんごめんなさい。また噛んでしまいました……あぁ、そこら中に歯形をつけてしまった……あん、ダメです……油断してる時に突いたら……ひぐ」

声が出ちゃう……と、薄闇の中で麻紀が笑う。が、動かれるとすぐに、美貌をしかめて口元を手で押さえる。

「あん、そんなに意地悪をしないで。恥ずかしがり屋のくせに、夢中の時の麻紀の声は大きい。くなっちゃうわ……今だって、気づかれてないか心配なのに……ばか」

少しは遠慮なさい？……と、身体を離した麻紀が、抜いたち×ぽにお説教しながら唇を被せていく。恥ずかしがり屋のくせに、夢中の時の麻紀は大胆だ。

「あふう……すごく硬くなってる……これじゃ無理ない……声が出たって……むふう……くちゃくちゅ。ぬぴ……私のせいじゃないわ……ぢく。ぢこぬぽ」

己の淫らを正当化しながら、朱唇と舌で真一を追いこむ麻紀は、今はすっかり恥ずかしがり屋ではない。可憐な美貌が涎まみれになるのも厭わず、茎をぬめらせ、穴をくすぐり、激しく甘い行為に耽っている。

逢瀬のたびに巧みさを増す麻紀は、真一をすっかり虜にしてしまう。

「あぁ、麻紀さんやめて……うう……僕だってすっかり……ひ、穴……出したくなってる……うう……唇がぬめぬめして最高……あぁ、僕また入れたい……お願いです」

「あぁ、もちろんいいわ。また入れてください。ま×こをうんと可愛いがって」

涎の糸を引きながら、ち×ぽを唇から抜くと、麻紀は自ら仰向けに寝る。もちろんま×こに指を添えて開き、野太い挿入に備えている。

一つになるや、真一は激しく動きはじめた。可憐で淫らな麻紀の仕草に、すっかり昂ぶってしまっている。

「うう!……ぐう!……あぁ、おしゃぶりをして興奮しちゃったんですか? ますますぬめって……あぐ!……麻紀さんのま×こ、すごく気持ちいいよお!」

いっそう濡れたま×こに煽られ、衝動のままに腰を振る。反り返るほどになったち×ぽを、気持ちのままに抜き刺ししていく。亀頭のエラが汁を掻き出し、花びらを歪ませ、くちゃくちゃ音を響かせる。

二人は昂ぶっている。

とはいえ、つい最近まで処女だったま×こには、真一は未だつらいみたいで、本気の抜き刺しをされている時の麻紀は、可愛そうなほど激しく悶える。

「だって……んふう! あ、あなたがいけない……ひ! うぐ! こ、こんなあ!にい! あっ、あっ、あぁ……お、おっきい! ささっ、刺さるう!」

されるたびに背中を反らせ、激しい呼吸に腹を震わす。真一に噛みついて声を殺す余裕もない。今も、仰向けの乳房が先端の突起を揺らし、少し冷たくなった汗を飛ばしている。茂みの奥から、くちゃくちゅ、ぬちょぐぢゅ……と、溢れた女汁の練音がするのがせめてもの救いだ。

歓喜と苦痛の狭間で麻紀が悶える。

だから真一は我慢しない。

「あぁ、麻紀さんっ……うぐう！」

逸るち×ぽのままに放つ。もちろん子宮に当たるほど突き刺しながらだ。慣れない麻紀とはいえ、そこは大人のま×こだから、挿入自体に不都合はない。

「くふ……はあ……あ、相変わらず……ひん……すごく締まる……ま×こ……う」

甘いけれど、強烈な麻紀の膣の収縮が、真一になかなか射精をやめさせない。四人がそれぞれに素敵なま×こを持っているけど、収縮力にかけては、麻紀の右に出る者はいない。三十路まで処女を守ったせいか、女になっても麻紀のそこは少女で、強烈に甘美な締めつけと狭さで、いつも真一を夢中にさせる。

「おち×ぽ……どくん、どくん、って……この感じ、とっても好きなの……あん」

膣出し射精を歓ぶ麻紀は、自分のはしたなさを恥じつつも、裸身をくねらせつづきをねだる。もちろん真一に異存などなく、気持ちのままに、ま×こを白く染めていく。

麻紀の痛みはしかし、一度目までのことだ。

「このまま……平気ですか？……痛くないですか？」

最後の滴を放ったのもつかの間、そのまま二度目に入った真一の心配そうな問いかけにも、麻紀はほんのりと頬を染めつつ、恥ずかしそうに頷くのだ。

「あぁ……んんっ……はあん……慣れて……きました……あぁ、おち×ぽがわかります……あなたの形を感じるの……おま×こで……襞で……あぁ、しあわせ」

冷たい汗もいつしか温もり、火照った肌を艶やかに彩る。くねる腰。揺れる尻。弾む乳房。麻紀の裸身のどの部分も、その色気を一段と増し、女の歓びを体現している。

「お願い、お口でも真一さんを確かめさせて……途中でごめんなさい」

「そんな、謝らないでください……僕からお願いしたいくらいですから……あう」

ま×こから抜いたのもつかの間、振り向いた麻紀にいきなりしゃぶられ真一がのけぞる。放ったばかりのち×ぽには、可憐な麻紀の唇は刺激的過ぎる。

「あふ……じゅるう……どんどん逞しくなってるわ……お口に放ちますか？……白状しちゃおうかな。本当はね、さっきの舐め舐めで欲しかったの……んちゅう」

ち×ぽの前に跪いた麻紀が、艶っぽい瞳で訊く。しゃがんだ股間の、薄い茂みの向こうでは、膣から汁が、ぽたり、ぽた……と、滴り、床を淫らに濡らしている。

「口内射精もとっても魅力的ですけど、今度は後ろからしてもいいですか？　僕、麻紀さんのアナルが見たいんです」

魅惑の誘いに後ろ髪を引かれつつ、可憐な唇から引き抜き、小振りな麻紀の尻を抱いた。抜き刺しに合わせて歪むアナルを見ながらするのが真一は好きだ。それに、姉たちとは違って、麻紀はほとんど無毛で丸見えだから、バックでしている時の淫らさは格別だ。野太いち×ぽを受け入れて、白く伸びきった縁を晒しているま×こは、恥ずかしそうなアナルも相まって、惚れ惚れするほど美しい。

「またですか？……そんなに後ろの穴が好きなの？……真一さんって、顔に似合わず、そういう趣味を持っているのね？……でも、いいわ。好きに見て……」

女の歓びを知った麻紀は、今ではすっかり大胆になっている。恥ずかしそうにしながらも、自ら背を向け、尻を開く。

「あん、すうすうします……こんな格好……恥ずかしい……あぁ」

羞恥の言葉を呟く麻紀は、確かに頬を染めている。でも、好きな男にアナルを晒す自分に興奮し、いっそう汁を滴らせてもいる。

淫らな女と健気な少女の狭間で、麻紀は戸惑い、そんな自分に興奮している。

そんな麻紀が、真一を昂ぶらせないわけがない。

「あぁ、もう！　麻紀さん、素敵過ぎますう！　あう！」

つい先日まで処女だったそこに、興奮にまかせて真一が入れる。狭さとぬめりを愉しみながら、夢中で愛を捧げていく。

若さにまかせた激しい行為に、麻紀は健気に反応する。上体を顔で支え、両手で尻を大きく開いて、真一の好きなアナルを晒しながら、歓喜の声をあげている。

「あぁ！　か、硬いぃ……うぐう……ひん！　か、感じます！　いっぱいに！　あぁ！　いい！　真一さんが、こ、擦れて……ひぐ！　イク！　イキますう！」

アクメに麻紀が硬直する。尻に指が食いこみ、アナルが緩んで音を立てる。そんなアナルとは反対に、歓喜した膣が収縮し、ち×ぽを甘く締めつけるから、真一もすぐに天国に旅立つ。

「あぁ出るう！」

アクメにむせぶ、麻紀のアナルとま×こを凝視しながら真一は放っていく。脈動する尿道が、驚くほどの勢いと量で、麻紀をみるみる満たしていく。

やがて——

「あぁ……す、すごく気持ちよかった……うう……はあふう、ひい……ぬぽ」

十二分に腰を振り、最後は半抜きにした裏筋をしごいて、最後の一滴までを放ってから、真一は麻紀の尻を離した。ずる、り……と、抜けるち×ぽはまだ七分勃ち、軽くのけぞり頭をもたげ、麻紀の尻に先端を当てた。

真一が抜けた麻紀のま×こが、汗ばんだ白尻の狭間で、ち×ぽの形に口を開いている。いつ見ても扇情的で、男の征服心を満足させてくれる光景だ。

「あぁ、すごい、麻紀さんのおま×こ……ぱっくり……う、わ……」

ほどなく、真一の目の前で、ぐぽ……ぶぢゅ……と、膣出しま×こが汁音を立てて、奥から白いものを漏らした。膣圧のせいで、ぶぽっ、ぶぴぐぢょっ……と、派手な空気音とともに汁が噴き出る。垂れた粘り。麻紀の無毛の恥丘を、ねっとり白く光らせていく。

「あぁ、出てる……見ないで……死ぬほど恥ずかしいの……」

素敵な麻紀が羞恥している。

しかし——

素敵であればあるほど、真一はちょっぴり心苦しい。

居候の日々は淫欲に満ちている。

三人それぞれの魅力に、毎日のように真一は包まれ、求め合い、夜が明けるまで一つになっている。朧出ししながら眠りにつき、朝勃ちのままに求め合い、仕事に遅れそうになったことも一度や二度ではない。

それでも、真一は心から喜べないのだった。靖子の存在が気にかかっていたからだ。麻紀とのことがあってから、靖子との仲も少し改善している。最小限の会話はあるし、態度や物腰も柔らかくなった。事の次第はどうあれ、とにかく靖子の機嫌が直って真一は嬉しい。

だが妹たちとは違い、靖子は真一とほとんど関係を持ってくれない。

他のみんなが特別なだけで、靖子が普通と言えばそうなのだけれど、真一にまだ本当に、心を許してくれていない証拠でもあるから、残念なのには変わりがない。

「それもこれも、すべて僕が悪いんだよな……こんなに節操もなく、みんなのお世話になってるんだもん……だったら誘惑を断ればいい……できるわけないよな」

未佳子に歩美、そして麻紀の三人は、靖子に負けず劣らずの美人、それぞれがその魅力のままに、真一の愛をねだってくるのだ。惑い知らずの年齢にはほど遠い真一に、抗う術などあるわけがない。

でも、方法はなくはない。

「いっそのこと引っ越しちゃえばいいんだよな。みんなから離れれば、こういう悩みもなくなるんだし……物件でも見てみっか」

思い立ったが吉日とばかりに、ベッドから跳ね起きた真一は、さっそくパソコンを立ちあげた。

「ふうん……けっこういい部屋あるな……これなんか駅徒歩二分だって。しかも安い」

反射的にブックマークして、すぐにバカらしくなった。どうせ引っ越しなんかしないのだ。天国に一番近いこの家を、自分から出る男なんて世界のどこを探しても見つかるわけがないではないか。

「でも、それじゃ、靖子さんとはこのままじゃないのか……あぁ、どうすればいいんだろう！」

ベッドに突っ伏し、悲嘆にくれる。人生最高の日々を送りながら、人生最大の難問に真一はぶち当たっている。

悩み多き真一。

昨日の麻紀の匂いがシーツからしてきて、不覚にも勃起させてしまった。

3

それぞれの想いをよそに日々は過ぎていく。

季節はすっかり夏だった。

最近の靖子は、ちょっとしたことで怒る。

理由は自分が一番よく知っている。

「あん……またこんなにして……」

真一の部屋に靖子はいる。ベッドを見て顔をしかめている。

白いシーツのそこら中が汚れている。シミだらけになっている。乾いてかぴかぴになっている。

大人の靖子である。これがなんであるかはよく知っている。

「……こんなになるまでするなんて……もしかして、私への当てつけとか？……」

大人の靖子は嫉妬している。嫉妬せずにはいられない。自分が想っている人が、他の女性と、こういうことをしているのだ。

でも、妹たちや真一を、靖子は憎めなかった。

なぜならば、これが自分のせいだというのも、大人の靖子は知っているからだ。

「もっと私が素直になれれば……こんなことにはならないのよね……」

未佳子にいつか言われたことが、今も靖子の頭に残っている。

「勇気を出せば？　ですって……靖子、あなたに言っているのよ？」

シーツのシミに、そっと靖子は触れてみる。これは歩美ちゃんかしら、それとも麻紀ちゃんなの？　こっちのごわごわのは真一さんね。あの子、濃いから……。

指でなぞる。妹と真一の愛の痕跡を、姉が指先で辿っていく。身体が熱くなってくる。でも、怒りは自分に向いてくる。もたもたしているからこういうことになるのよ！

それでも、数回は想いを遂げた靖子である。

「でも、それだって、勢いにまかせてだったし……ぜんぜん素直じゃなかった」

一度は未佳子への対抗心からだった。姉の気持ちを知ってるくせに、勇気が出せない姉に気づいているのに、気持ちを逆なでするように、前夜の真一を惚気たりするから、つい……。

未佳子となにをしたかを詰問しながら靖子はした。未佳子と同じことをしてみせた。アナルを舐めながらしごき、顔に放たれた汁を、指で掻き集めて吸い取った。ま×こを開いて誘惑もした。

二度目は酔った勢いだった。本当は、酔いを言い訳にして真一を求めた。いま思い出しても、みっともない交わりだった。酔った振りをして、真一の浮気をさんざんなじり、なじりながら愛した。怒った顔にかけられた。嬉しいくせに、また怒ってみせて、謝る真一に跨ったりした。あれでは百年の恋も冷めてしまう。

「でも、真一さんだっていけないのよ？　あの子たちを断ってくれないから……私を好きだって言ってくれたのに、そんなこともできないなんて……おかしいわ」

不甲斐ない男を叱るも、それはもちろん無理というもの、妹たちの美しいのは、姉の目からも明らかだ。

「あぁ、いっそのこと、私をさらってくれればいいのに……」

などと、乙女チックなことを呟き、そんな自分に羞恥する。

と――

「あら、パソコンが……」

スリープモードで放りっぱなしになっている。昨夜の二人が想像できる。

「本当にだらしのない子ねっ。こんなこともできないくらい夢中だったの？」

嫉妬にまかせて電源を落とそうとして、ふと好奇心が頭をもたげる。真一は、どんなサイトを見ているのだろうか？

「あら、これは?……」

ブックマークの一つに興味をそそられ、開いた途端に、靖子は思わず息を呑む。

「お部屋……の……これって……ひ、引っ越し……あぁ、そんなまさか……」

間取りは一人用を示している。ならば引っ越しの理由は明らかだった。

「私がもたもたしているから……勇気を出せないでいるから……酔った勢いでエッチなんかしたから……それで……あぁ、でも、そんなのってないわ……」

この瞬間ほど、靖子は後悔したことがない。それくらいショックだった。いくらつれない素振りをしたって、真一さんは私の気持ちを察してくれてるはず……と、勝手なことを思っていたから、裏切られた気さえしてくる。

元は他人の真一である。この家にいるからこそ、居候に甘んじてくれているからこそ、靖子は真一を近くに感じることができている。真一が引っ越してしまえば、もはや会う理由も機会も限られてしまう。

「そうなったら、未亡人で年上の私なんて……相手にされるわけない……」

それから先のことを、靖子はあまり憶えていない。気がついたら自分の部屋にいた。鏡の前で、自分と対峙していた。

「どうにかしなくちゃ……今度こそ……本当に……どうにか……」

鏡の中の自分が呟く。

そんなこと言われなくても、当の本人が一番よくわかっている。

4

そんな靖子の想いも知らずに——

心地よい疲労感とともに、真一は目覚めたのだった。

靖子への想いを募らせながらも、昨夜も真一はまたしてしまった。相手は未佳子だった。相変わらずの甘い唇。汗ばんだ乳房。靖子への想いとは裏腹に、真一が心ゆくまで射精したのは言うまでもない。靖子が一番の真一とはいえ、他の三人のことも、もちろんぜんぜん嫌いじゃない。

「それが、一番の問題なんだけど……」

伸びをしながら真一は思って、すぐに気持ちを切り替えた。せっかくの日曜日を、解決できぬ悩み事で無駄にしたくない。

時計を見ると、すでに十時を回っていた。日曜日だから寝坊をした。それに今日はみんな出かけて誰もいない。いつもみんなよくしてくれるけど、独りの方が気楽なのも確かで、だから真一は、いつになくリラックスしている。

「今日はなにしようかな？……あ、まずはトイレ掃除をしなくちゃ……そういえば、物置の整理も未佳子さんに頼まれてたんだっけ……それと買い物だ。ネギと納豆と……」

気がつくと、いつもの居候仕事のことばかりが頭に浮かんできて、そんな自分に苦笑する。なんやかんやと言いながらも、真一もこの家の一員になりつつある。

「ま、するべきことをしてからゆっくりしよう」

まずは着替えだと、腰かけていたベッドから立ちあがったところで――

「ん？　はあい。誰ですか？……まだ誰かいたのか。麻紀さんかな？」

ノックされたドアを真一が開く。

「なんだ、靖子さんですか。まだいたんですね。約束、大丈夫なんですか？」

昨日の夕餉の食卓で、大学時代の友人と昼食だと靖子は言っていたはずだ。

だが真一の問いかけには答えずに、靖子は部屋に入ってくると、後ろ手にドアを閉じた。

靖子はしばし立ち尽くす。でも、今日は躊躇わない。深呼吸をして話しはじめる。

「これまでのことを謝るわ。みんな私が悪かったの。もちろんそんなこと、ずっと前からわかっていたのよ？　でも、やっぱり素直になれなくて……真一さんは年下で、おまけに私は未亡人だから、自信がなかったせいもあるのよ」

一気に言った。少し気持ちが楽になった。本心だったから。

「な、なんですか突然」

目をまん丸にしている真一を見ても、靖子は動じない。今日を逃したら、チャンスはもうない。

「でも、もう嫉妬なんかしません。みんなが真一さんのことを好きなのは、あなたのせいじゃないものね。それに男なんですもの、誘われればどうしたって……」

「あ、そ、そのことですか……でも、靖子さんが謝ることなんかないです。誘惑に負けてしまう僕が悪いんですから……本当にすみません」

「ううん、悪いのは私よ。だって、私がいつまでも煮えきらないから、私があなたに、本当の気持ちを告げないから、こういうことになってしまっているんですもの」

ここでようやく真一の顔色が変わった。

「え……ほ、本当の……きも、ち？……あぁ、それって、まさか……」

さすがに一瞬躊躇った。でも……。

「好きです。あなたのことが」

はっきり目を見て靖子は言った。気持ちがすきっとした。心に刺さっていた刺が抜けたみたいだった。爽快だった。

軽くなった心のままに――

「え？……や……すこ……さ……あ、あぁ、そんな……」

脱ぎはじめた靖子を見て、真一の顔に驚きの表情が濃くなっていく。

「どうしてそんな顔をするの？　私はただ、好きな人に愛してもらおうと思っているだけなのに……」

羞恥に美貌を染めつつも、靖子の手には躊躇いはない。すでにブラとパンティだけの肢体は、ほどなくすべてを真一に晒す。

「靖子……あぁ……こんな……突然……あぁ……」

朝日に輝く靖子の裸身を見つめながら、真一はもう、パジャマ代わりの短パンの前を膨らませている。靖子は嬉しかった。まだ、好きでいてくれているのね……。

「あん、あなたも早く脱いで……年上に恥をかかせないで……」

靖子の手が真一を脱がしていく。あっという間に裸になった。そそり勃っている。

「私を見ただけでこんなに……嬉しい……ちゅぴ。れろん……はふ。熱くて硬い」

唇と舌で昂ぶりを感じて、溜め息まじりに咥えていく。口腔が真一で塞がれる。

「あぁ……靖子さん……うう……ど、どうしてこんな……いきなり……ひ」

突然過ぎる靖子の大胆さに、真一は当惑しつつもいっそう勃起させている。いつしか靖子の頭を抱え、ゆったりち×ぽで口腔を愉しんでいる。

「あぁ、もうイキそうです」

「あん、待って。まずは私に来て欲しいわ……最初のはま×こに放って」

大胆過ぎるおねだりも、今は自然に口にできた。真一を失いたくない一心の靖子は、心も身体も熱くなっている。

あわただしく仰向けになり、自ら女を開いてみせる。ま×こはすでに濡れている。

「あぁ、き、今日の靖子さん大胆過ぎますぅ！」

明け透けにされた靖子のま×こに、一気に真一はち×ぽを突き刺す。未亡人である。当たり前だ。好きな人と一緒にいるのだ。

どんなにいきり勃っていようと怯まない。ぐぢょっ！……と、本人が頬を染めるほど、卑猥に汁を泣かせながら、ま×こにち×ぽが突き刺さる。

「あぁ！　うう！　ま、ま×こ……ひ！　靖子……さん！　ああイク！」

興奮にまかせて猛然と腰を振りながら真一が出す。驚くほど早い。

「ああん！　早すぎですぅ！……んふう！　ひいん！」

その興奮が靖子は嬉しくて、出される汁をま×こに感じながら、自分でクリを擦って達した。

「ああ！　じ、自分でアクメ……あぁ……いやらしい……素敵……うう」

短い交わりの後の、長い射精が終わっても、二人は離れることはない。硬いままの真一を、靖子はま×こでしごいてやる。

「ねぇ、こんなに……くふう……こんなにしてあげてもダメなの？　行ってしまうと言うの？……あなただってこんなに……あぁ硬い……私を求めてくれているのに」

それでも思いとどまってくれないの？……と、泣きそうな目で訴える靖子に、どう答えていいのか真一はわからない。

「行くってどこにですか？……あぁダメ、そんなに激しく腰をくねらしたら……す、すごい、ま×こがくちゃくちゃいいながら僕のち×ぽに擦れて……ひ……最高だ」

出したばかりだというのに、早くも真一はよくなっている。自分から腰を繰り出して、靖子のま×この甘さを求める。締まりは麻紀だし、ぬめりは未佳子、噴きっぷりなら歩美が一番だけれど、やっぱり真一には靖子が最高、この、熟れたま×この優しさにかかれば、一晩中でも射精できる。

「そんなに気持ちいいの？　だったらまたお射精させてあげます。あなたの好きなところに出していいのよ。だから、ね？　どこにも行かないって約束して」

ま×こからち×ぽを抜くと、靖子は自らシックスナインになって、誘惑の舌をぬめらせる。尻をあげ、剝き出しにした濡れま×こ越しに、ち×ぽを舐める口元を晒す。いつもの靖子らしくない大胆さだが、素敵なことには変わりはない。

「あ……くふう……出したばかりだから……うう……効く……あぁ、舌エロい」

目とち×ぽで切なくなって、思わず腰を突き出す。靖子の朱唇に、ち×ぽを入れたり出したりする。裏筋に舌がぬめるのが見える。穴にちろちろする様も、堪らない。

「あん、真一さんが……むちゅくちゅ……張りつめてる……ちゅぷ。ぬちょぢゅぽ……むふう……素敵……おち×ぽ……ずっ、じゅる……好き……れろじゅぽ」

真一の視線に気づいた靖子が、ち×ぽ越しに微笑みかけると、いっそう淫らな口唇で、いきり勃った男を舐め回す。唇を陰唇に、口腔を膣に見立てて咥え、大きく速く美貌を揺らす。

「んふっ……じゅぽっ、ぶぢゅっ、ぐぢ。じゅるう……れろん……はあん……出したいのではなくて？　れろ。おち×ぽがちがちよ？　じゅぶぐぢ。我慢しないで」

垂らした涎で茎をしごき、半咥えにした亀頭をしゃぶる。ち×ぽのそこら中に舌がぬめり、濡れた指が這いまわる。目の前には、靖子の濡れたま×こが、さっきの汁を

垂らしているから──

「あぁ！　やすこさあん！　うぐう！　はふう！」

我慢する間もなく真一は放った。さっきから五分と経っていない。でも、すごく多い。尿道が脈動したのもつかの間、咥えていた靖子の唇に汁が噴き出て、みるみるねっとり粘っていく。

「んぐ……はふう……あぁ、こんなにたくさん……おま×こまで我慢できなかったのね？……ぬちゃ……そんなに気持ちよかった？」

「も、もちろんです！　靖子さんの口ま×こ最高に素敵です！　あぁ、僕のザーメンで綺麗な顔がぐちゃぐちゃ……あう……く」

嚥下しきれぬ汁を、口から溢れさせながら、美貌のそこら中を白くされている靖子の淫らに、思い余って真一は、放っているち×ぽを擦りつけてしまう。放った汁を、靖子の美貌に伸ばしながら射精し、いっそうぬめる裏筋で、年上の女性を汚していく。

「あん、いけない子……でも、たくさん出してくれて嬉しいわ……どうしてこんなに射精できるのかしら？　理由を教えて。お願い……むちゅ。くちゃ」

「も、もちろん靖子さんが好きだからです！　靖子さんが好きだから僕、こんな失礼な真似もしてしまう……あぁ、出しても出しても足りない……もっと汚したい」

ち×ぽに俯いている美貌に打ちあげながら、真一はまだ硬直を解かない。なにがなんだかわからぬが、とにかく靖子は本気になっている。これほど嬉しいことはない。嬉しいのは靖子も同じだ。放たれた真一の量と勢いが、靖子を勇気づけている。

「あん、今の言葉は本当なの？　本気にしてもいいのね？　嬉しい！　でも、だったらどうして引っ越しなんか……あん、言ってることとやってることが違うわ」

「ひ、引っ越し？　僕がですか？……あう……あぁ、またおま×こに入れるの？」

真一の言葉は、しかし靖子に淫らに邪魔をされて最後までつづかぬ。顎から精液を滴らせながら、靖子が騎乗位で沈めていく。汚れた美貌にますます朱が差し、垂れた汁で濡れた乳首が、取れそうなほど勃起している。

「嫌だって言っても許さないわよ？　好きならできるでしょう？　私を好きな証拠を見せて。私のま×こに、あなたのおち×ぽで気持ちを伝えてぇ」

真一に座りこむなり、靖子がはじめる。四股の形に脚を開き、串刺しにされた女を見せつけながら、上下の動きでま×こする。抜け出る茎。すでにアクメの汁で白い。茂みに垂れてくちゃくちゃ粘る。

「あ……うう……き、てるう！……うぐう！……く……でも……あぁイク……ぐ」

何度目かの抜き刺しで、靖子が美貌を切なく歪める。でもやめない。今度はぶっさり子宮まで突き刺し、尻を前後にグラインドさせて、膣粘膜でち×ぽを愛する。

「お、お射精しても……うぐ！……ひ、引っ越さないでね？　私に……ひん！　刺さるう！　飽きたりしちゃ嫌よ？　あぁ嫌……も、漏れそう……で、出るう！」

歓喜が極みに達し、とうとう靖子は迸らせた。茂みが熱く湿っていく。漏らしたのは初めてだった。死ぬほど恥ずかしい。でも、羞恥を無視して靖子は動く。今は自分のことよりも、ち×ぽをま×こでよくして、真一を引き止めねばならない。

もちろん真一の興奮は大きい。茂みに感じるおしっこの熱さが、ますます男を昂ぶらせていく。

「うわ！　や、靖子さんが……お、おしっこ……イキしょん……や、約束します！　引っ越しなんかしません！　絶対にしませんから……あぁ、こんなエッチな美人に飽きるわけない……すごい、ま×こ締まってる……い、一番です……一番……ああイク」

猛烈に突きあげながら、興奮にまかせて真一は放った。ああ！……と、靖子が声をあげるほど、深く大きく高く突きあげ、子宮めがけて精液を放った。

「あぁ、出てる……おま×こに……たくさん……飽きちゃいやよ？　行かないで」

うわ言のように靖子は呟き、ち×ぽをま×こで締めつけている。

「飽きません……飽きっこないです……それに、どこにも行きませんから……う」

真一も、うわ言のように言葉を返す。ま×この素晴らしさに溺れきっていて、靖子の問いかけの意味にまでは考えが及んでいない。

求め合い、与え合った二人。

しかし、互いの些細な勘違いには、まだ気づいていない。


静けさが耳に染みるようだった。

その静けさが靖子は恥ずかしかった。静けさが、かえってさっきの自分を思い出させる。恥ずかしいほど叫んだ。情けないほど漏らした。そしてイキまくった。

静けさはしかも、靖子をさらなる杞憂へと誘う。気持ちは伝えた。しかし……。

「……ねぇ、さっきお願いしたことだけど……本当にここにいてくれる？」

歓喜の汗に濡れた美貌で、真一の顔色を伺うように靖子が訊いた。こんなに激しく求めてくれたのだから、真一はきっと私を……とは思うものの、やっぱり本人の口から直接言って欲しかった。

「勿論ですよ。どこにも行く気はありませんから。置いてくれる限りいます」

拍子抜けするほどに、軽い口調で真一に言われて、靖子はまったく合点がいかない。

じゃ、あのブックマークはいったいなんだったのかしら？……

「？　どうかしましたか？」

「え？　う、うん、あのね、勝手に見たって思われたくないんだけど……」

先日の仔細を説明すると――

「あぁ、あれはなんでもないです」

事もなげに真一に言われて、靖子はまったく合点がいかない。だって、あなたが引っ越すと思ったから私はこうして……。

「なんとなく物件を見ていて、なんとなくマークしておいただけです。駅徒歩二分で七万って安くないですか？　超掘り出し物ですよね？」

「二分七万……掘り出し物……そう……そうだったの……た、確かに安いわよね……そう……なんとなく……そうなの……」

他人事みたいに言って笑う真一に、強張った笑みしか靖子は返せない。まったく言葉がない。自分のドジと軽率を、ただただ責めるばかりだった。

（そうよ、いけないのは確かに私。賃貸のページがブックマークされてただけで、勝手に早とちりをしてしまったんですもの……あぁ、でも……そういう紛らわしいことをするから……こういう微妙な状況でこういうことをするからてっきり……）

自分のおっちょこちょいさに呆れているうちに、真一への怒りが沸々と湧いてくる。

責任転嫁なのは百も承知だ。でも、そうせずにはいられなかった。一人で勝手に盛りあがり、一人で勝手に決めつけて、告白するやら裸になるやら、果てはあんなに夢中になって……恥ずかしいにもほどがある。

「あ、あなたって人は……あなたって人は……あなたって……」

ついさっきまで、歓喜の涙に濡れていた瞳が、みるみる怒りを湛えていくのに気づいて、真一の総身に鳥肌が立つ。

「あ、や、靖子さん？　ど、どうしたんですか？　なんでそんなに怒っていらっしゃるのですか？……ここはどうか落ち着いて話を……ね？　聞いてますか？　話せばわかります。だから、ね？　あぁ、お願いですぅ……怖い」

ベッドの上を後ずさりながら、必死で愛想笑いを浮かべるが、靖子にまったく変わりはない。あまりのことに、ち×ぽはとっくに縮こまり、茂みの中に隠れている。

ベッドは狭い。すぐに真一は進退窮まる。

「あ……も、もう後がない……ゆ、ゆるひて……お願い……しまふ」

ヘッドボードに背中を押しつけ、手を合わせている真一の前に靖子が仁王立ちになる。おっぱいもま×こも隠さずに、手を腰に宛がって、怒りに燃えた目で真一を見下ろしているその姿は、さしずめ淫らな仁王様といった風情だ……などと、真一が見惚つりと途絶えたのだった。
「ばかあ!……と、涙目になった靖子が手を振りあげたところで、真一の記憶はぷっ
「引っ越す気がないのなら、ああいう紛らわしいことはしないでちょうだい!!」
れたのもつかの間――

それからどうなったかは真一は知らない。

気絶から醒めると、もちろん靖子の姿はなく、裸のままで真一は、ベッドの上に仰向けになっていた。

起きあがって鏡を見た。頰にはくっきり、靖子の手形がついていた。

「あぁ、た、大変なことになったぞ……」

真一の顔が、鏡の中で蒼白になる。もちろん手形のせいではない。

さっきの靖子の言葉を思い返した。どうやらあれを勘違いしたのだな……と、今さらながらに真一は気づいた。

後悔先に立たずとはまさにこのこと。

互いの勘違いからはじまったとはいえ、仮にも靖子を騙してしまった。先のことを思うと、真一はもう、このままベッドから出たくなかった。いっそベッドになってし

まいたいくらいだ。

「本当に引っ越した方がいいかも……でも、せっかく靖子さんに告白してもらったんだぞ？　そんなことできるわけないじゃんか！」

幸せの絶頂から、奈落の底へと突き落とされた真一は、一人ベッドで頭を抱えている。

窓から射しこむ夕日が、その背中を橙色に染めていく。

それから十日の間、真一は、靖子に完全に無視されたのだった。

第六章　「四つ巴」の戦い　世界でもっとも淫らな一軒家

1

言いたいことははっきり口にするのが未佳子のモットーだ。それは相手が姉でも同じだ。大事な人だからこそ、時にははっきり言ってやる必要がある。

「いつまでこうしている気なの？」

梅雨の合間の気持ちよく晴れたある日——

未佳子が姉に言ったのだった。

リビングには、眩しいほどの陽射しが入って、向かい合っている二人の顔も、目を細めなければ見ていられないほど、肌にまとわりつくようだった湿った空気も、すっかり乾いて気持ちがいい。

姉の顔はしかし、不躾な妹の問いに曇ったままだ。

「いつまでって……あの子が、引っ越し先を見つけるまでよ……この話、前もしなかったかしら？」

白々しく言う姉に、未佳子は、聞こえよがしの溜め息をつく。意固地になった姉には、これくらいでは効き目がないのは知っているが、まずは様子見の一撃だった。

「でも、この前にそれで揉めたんじゃなくて？　ずいぶん冷たくしてたじゃない」

質問を少し核心に寄せる。靖子が未佳子を、ちらり、と、見た。

「そうだったかしら？　あなたの気のせいじゃないの？　私、あの子にそんなことしてないわ……あなたなにを知っているの？　誰に訊いたの？　まさか、真一さん？」

強がってみせるくせに、すぐに心配になった姉が、探るような視線を向けた。細かいことは未佳子も知らない。でも、二人の態度で大体は察している。

（こういう状態を長くつづけて、よく体がおかしくならないものね。感心しちゃう）

そんな姉が、未佳子は焦れったい。まったくもって焦れったい。気のない振りをしているくせに、いざとなるとどきどきおどおどしたりして。あぁぁん、それでも大人の女なの？　好きな男にくらいはっきりなさい！

決める時は決めるのが未佳子のスタイルだ。だから、今の姉のやり方には、まったく我慢ができない。

だから単刀直入に言った。

「姉さん次第なのよ、みんな。姉さんがしっかりしてくれれば、私たち、あの子から手を引くわよ？　なんだかんだ言ったって、私たちは姉さんのしあわせを一番に思っているんだから。本当よ？」

信じられないでしょうけど……と、さすがに未佳子は言い足して、姉からそっと目を逸らせた。でも、言葉に嘘はない。

（そりゃ、少しは私も……ううん、とっても好きだけど……）

奔放に見られがちな未佳子だけれど、これでも愛には真剣だ。体験人数は恋愛のそれに比例している。真一を悦ばせた巧みな愛戯は、男に尽くす未佳子の賜物、好きな人を感じさせたい一心で身につけただけのことだ。落ち着いた風情の姉が、だから未佳子はいつも羨ましかった。

（好きな人には、しあわせになってもらいたいから、真一くんを姉さんにまかそうと思っているのに……。少しは、妹たちのつらい気持ちもわかって欲しいわ……）

いくら仲のいい姉妹だからといって、四人がみんな、同じ男を好きになってしまったのは運命の悪戯というしかない。でも、悪戯でもなんでも、姉妹は互いを思いやっている。そして真一のことも……。

未佳子は、みんながしあわせになって欲しいと、心から願っている。

だから未佳子は決めたのだった。ぐずぐずしている姉に決心させる方法を。

(ちょっと……ううん、めちゃくちゃ乱暴だけど……)

自分の心を確認すると、未佳子は姉をじっと見つめた。口を開く。

「じゃ、姉さんは、真一くんとずっとこのままでいるつもりなのね？　つんけんしたり、ムキになったり、やきもきしたりで過ごすつもりなのね？」

「だからそんなことしてないって言って……」

姉を無視して言葉を重ねる。意固地になった姉をわからせるには、やはり荒療治が必要だ。

「姉さんがいつまでもそういう態度を取っているのなら、私たちも本気になるわよ。真一くんに。気づいてるんでしょ？　私たちの気持ちに」

未佳子なりの最後通牒のつもりだった。ここで素直になってくれれば……。

未佳子に言われて、反射的に靖子が視線を向けた。文句を言おうとして、その目の真剣さに口をつぐんだ。

「す、好きにすれば？　真一さんとあなたたちのことに、私が口をはさめるわけはないんだし……好きにすればいいわ……なによ、あんなグズ。こっちからお断りだわ」

反抗心が頭をもたげて、気持ちとは反対のことを言ってしまう靖子は意地っ張りだ。

姉にそういうところがあるのを、もちろん未佳子は知っている。

でも——

「女に二言はないわね？」

最後に確認をした。

「ないわよ」

「本当に好きにするわよ？」

念のためもう一度。

「くどいわ」

にべもない姉の言葉。もう話したくないわ……と、言わんばかりに横を向く。未佳子が聞こえよがしに溜め息をつく。でも、もう効き目はない。

「そういう性格だと、せっかくの良縁も逃げちゃうわよ？」

もっと素直になりなよ……と、姉に忠告する声は、どこか寂しげだった。

そっぽを向いた靖子の視界の外で、未佳子が部屋を出て行く気配がした。

「……なによ、人の気も知らないで……あなたたちが相手だから、こっちは臆しちゃうんでしょっ」

閉じられたドアに向かって、この家で一番年上の靖子は言った。妹たちは、姉が自慢に思うくらいの美人だ。

年齢で負け、美貌ではよくてとんとん。性格は……ご覧の通りのへそ曲がり。

自分でも思う。

勝ち目があるとは思えない。

2

有言実行が未佳子のセオリーだ。

だからさっそく行動に移した。

姉に思い知らせる。自分の気持ちに素直にさせる。意固地な姉はちょっぴり可愛い。

でも、それも限度がある。

最後通牒から数日の後——

靖子をのぞいた三人が、真一の部屋に集まっている。ベッドの中央に正座している真一の周りを、三姉妹が取り囲むように座っている。

「すみません、もう一度お願いします」

汗びっしょりの真一が言った。三人が脱がせた下半身はすでに裸で、股間を押さえた手の隙間から、勃起が先をのぞかせている。

「だから、選んで欲しいのよ。私たちの中から一人を。いつまでも、こんな関係をつづけているわけにはいかないでしょう？」

真一の股間を見ながら未佳子が言った。視線に気づいた真一が、ますます顔を赤め、ち×ぽもいっそう隆々となる。

「た、確かにそうです……僕も、みなさんに申し訳ないって、いつも思ってました。でも、いきなり一人を選んで欲しいって仰られても……」

真一とて、今の状況をよくは思っていない。相手を一人に絞るのは無論本望だ。でも……。

「そんなにお勃起になっているのに、真一さんは私たちが嫌いなんですか？」

悲しそうに言う麻紀に向かって、あわてて真一は頭を振る。

「そ、そんなことあるわけないです！」

うっかり言って唇を嚙む。そうなのだ。靖子を思っているくせに、目の前の三人にも、すでに真一は惹かれてしまっている。こうやって、ここまでずるずると来てしまっている。

「だったら、選べないことはないでしょう？　真一くんが誰を選んでも、ぜったいに揉めたりしないって誓うわ。約束しているの。だから、いいでしょう？」

そう言う歩美は、早くもブラウスのボタンを外しはじめている。三つ目が外れた途端に、ぶるん！……と、隙間にたわわな美乳が揺れて、今にもまろび出そうになる。

「あぁ、飛び出そうですう……でも……僕……そんなこと言われても困ります……決められっこないじゃないですか」

真一は怖くなっている。三人が素敵すぎて、自分の気持ちがぐらつきそうで、いや、すでにぐらついているのが怖いのだった。

惑う真一に、もちろん未佳子も気づいている。そんなことは織りこみ済みだ。でも、今はその気持ちを無碍にしてでも、前に進まねばならない。真一をこれ以上悩ませないために、姉を悩ませないために、そしてみんなのために……。

「私たちがいいって言っているのだから、あなたの一存ではじめて構わないのよ？　あ、姉さんが心配なのね？　大丈夫、とっくに外出してるから」

もちろん嘘だ。でも、真一の表情が少し緩んだのを未佳子は見逃さなかった。少し安心した。私たちのことも、好きでいてくれているのね？

真一の気持ちを確認して、未佳子はさらに前に進むことにした。

「あん、いつまでこうしているつもりなの？　姉さんと気が合うわけね。でも、私たちのお願いを本当に断れるかは、試してみないとわからないわね？……」

隠しきれない勃起を見て、悪戯っぽく囁くと、左右の二人と目配せを交わして、未佳子は服を脱ぎはじめた。タンクトップにホットパンツだから、すぐに下着姿になる。

「あん、未佳子姉ったら、だから簡単に脱げる格好で来たのね」

ずるいなあ……と、不平を言っている歩美もすでに下着だけ、そんな二人を横目に見ながら、四女も少し恥ずかしそうに、ゆっくりスカートを床に落としていく。

そんな三人を見て真一は狼狽するばかりだ。

「未佳子さんやめてください。あぁ、そんなエッチな下着で……歩美さんも、ね？我慢できなくなっちゃいますから……こ、こっちもすごい下着……乳首が透けてすごくエロい……あぁ、そんな、麻紀さんまで……ま×こが……」

丸見えじゃないですかあ……と、毛のない麻紀の股間を目の当たりにして、もう真一は言葉がない。薄いレース地のパンティが、割れ目をすっかり透かしている麻紀の股間を見つめたまま動けなくなってしまう。ち×ぽを隠しているはずの手が、勝手に動きはじめてしまう。

「くす。その調子なら、もう気持ちを確かめる必要もないわね……それにしても、美人が三人もいるっていうのに、そういう仕草は失礼よ？」

未佳子が真一の前に跪く。二人がそれに従う。真中に二女。左右に三女、末妹がかしずいて、ち×ぽの前で扇を作る。淫らで素敵な天使が三人、ち×ぽに今にも口づけしそうに、美貌を寄せている。

「お嫁さんを誰にするかは、終わった後に決めて構わないのよ？　だから、ね？　それとも、姉さんに悪い？……だったら、お勃起なんかさせないこと」

「未佳子姉さんの言う通りだわ。靖子姉さんだけが好きなら、私たちで勃起なんかしちゃダメでしょう？　正直に仰い。本当はその気になっているのでしょう？……」

「あぁ、すみません……でも……うう……そんなの無理……み、みんな綺麗だから……あぁ、しごかないで……未佳子さんは上手……ひ！　あ、歩美さん？　袋だめ」

茎を二女に、根元や股間を三女に刺激され、真一が悶える。

「靖子姉さんが気になるのはわかります。でも、私たちのことも、少しは考えてください。あなたのためにしているのに……ちゅ。くちゅ……拒否されたら悲しい。れろ」

躊躇っていた麻紀が、唇を真一に捧げてくる。姉たちの頭上から先っぽを咥え、静々と舌を裏筋にぬめらす。

「あぁ、またそんな風にち×ぽを……うう……唇がやわやわ……あぁ、やめて……ください……ひ……勘弁して……だめ……になっちゃう……助けて」

かすれた声で助けを求めるも無駄、真一の心とち×ぽは、目の前の三人の裸の天使の虜になりつつある。

「あん、姉さんに似て、真一くんも意固地なのね。でも、これに耐えられるかしら？」

無駄な抵抗をする真一に苛立つどころか、むしろ未佳子は愉しげに言うと、自ら極小パンティを脱いでベッドに立ち、豊かな茂みをその眼前に晒した。ゆっくり口元に近づけていく。

「あ、おまん……むぐ……あふ……くちゃ……むふう」

後頭部を抱えられ、ま×こで顔を真一は押され、そのままベッドに仰向けになる。

「あん、嫌そうなことを言って……あふ……舐めてるう……私のま×こを……ひん、そんなに舌を突き刺して……美味しい？」

顔面騎乗の体勢になった未佳子が、まん毛の向こうの真一に訊く。訊きながら腰を揺らめかせて、花弁で唇をぬめらせてやると、真一がくぐもった声をあげた。

「あぁ、未佳子さんたら、こんないやらしいことを……あぁ、ま×こぬめってますう……ぐぢゅ。くちゃくちゅ。ぬめえ……美味しいです……ま×こ……未佳子さんのま

×こ最高……ひぃ」

こうなっては、もはや真一に抗う術はない。いつしか、頭上の未佳子の腰を抱えて、自分の顔に押しつけながら、熟れ濡れのま×この甘さに夢中、花びらを吸い、膣に舌を抜き刺しして、擬似性交を愉しみ合う。

「あん、やっとその気になってくれたのね？　姉さんにキスしたらますます……」

「あぁ、いつもよりおっきいかも……はむ。くちゅう……あふ。お口に入りきらないわ……すごく興奮しているのね？　ちゅばちゅぴ。たらあ、じとぢゅく」

股間にいた二人も、真一に愛を捧げていく。左右からち×ぽに唇を与え、それぞれが、気持ちのままにおしゃぶりをする。歩美が茎を横咥えしてしごき、麻紀が亀頭を唇で締める。穴を吸い、付け根をしゃぶり、二人が位置を入れ替える。

「あ……歩美さん……ひぃ！……うぐ！　こ、これは麻紀さん？　うぎい……あぁ、未佳子さんのま×こもおいひい……くちゃぐちゅ。ちゅうぅ……ひ……ち×ぽ……う」

同じおしゃぶりでも、二人の仕方は違うから、すぐさまち×ぽは爆発寸前になってしまう。顔に押しつけられている未佳子のま×このぬめりも相まり、すっかり真一は夢中になっている。

「あん、出したいのね？　いいのよ、我慢しないで放って。お射精見せてぇ」

「じゅる。あふ……もう白いのの味がします……じゅる。すごく濃いのが出そう」

真一の限界を知った歩美と麻紀が、ち×ぽしゃぶりに没頭していく。

「あぁん、硬いわ……すごく……鉄みたい……くちゅくちゃ……れろお。ぬめ」

「逞しいです……素敵……好き……れろん、ぬちゃ……出して……じゅぶぐぢ」

左右から横咥えにして頭を振ったり、裏筋や袋の裏に舌をぬめらす。左右から握り、しごきながら、これまた両側から舌を寄せて、汁まみれの穴を舐める。二枚の舌が穴を歪ませ、開いた隙間にもう一枚が刺さる。内粘膜は敏感だから真一は堪らない。

「ひ！　うぐ！　あぐ！　だ、だめですそんな奥まで……し、刺激強過ぎい！」

二人がかりで穴を舐められ、ほじくられ、あっという間に真一が逝く。鋼鉄と化したち×ぽが、一際膨張したのも刹那、開いた穴から白汁を、柱のように野太く飛ばす。

「あん……たれてるう」

「あっつうい……ぺろり……くちゃ……はふ……」

ち×ぽの左右の美貌が、立てつづけに放たれる汁を浴びて、みるみる白く粘っていく。熱くて勢いのある射精だった。でも、二人は臆しも躊躇いもせずに、しとどに降り落ちてくる真一の歓喜を、頬で確かめ、拭って唇に運び、白く淫らに濡れていく。

「あん、二人ともずるいわ。私がその気にさせたっていうのに……あふう……じんじんするぅ……あぅ……私も欲しかったな……お射精……おザーメン……く」

ま×こに真一の顔を押しつけたまま振り向き、未佳子が羨ましそうに呟く。意趣返しに腰を振り、ま×こをくちゃくちゃ泣かせる。真一が苦しげにうめくが、やめて欲しいとは言わない。

「姉さんだって、おま×こなめなめされて気持ちよかったんでしょ？　すごくエッチな顔してるわよ？……あぁ、私もしてもらいたくなってきちゃった……あぅ」

「二人ともケンカなんかしないで。愉しむのはこれからでしょう？　さ、今度は未佳子姉さんの番だわ。真一くんをどうぞ」

二人が言い争っている隙に、真一の舐め清めを愉しんだ麻紀が、唾液で光り輝くち×ぽを未佳子に握らせた。三人三様の淫らさに煽られ、放ったばかりの真一は、萎えるどころかいっそう昂ぶっている。

「麻紀ちゃんの言う通りね。じゃ、お言葉に甘えてさせてもらうわね。ここからは、一人ずつ膣出ししてもらいましょう。真一くんもいいわね？」

訊きながら、跨ってきた未佳子に向かって、一も二もなく真一は頷く。

「は、はひ！　もちろんですっ。頑張って膣出しさせていただきます！」

三人の愛戯の素晴らしさに当てられ、すっかり夢中になっている。反り返るほどになったもので、近づいてくる未佳子を突きあげ、甘い悲鳴をあげさせる。

「あん、さっきまであんなに悩んでいたのが嘘みたいね？　いいわ、そういう悪戯をするのなら、私もうんとエッチになっちゃうんだから……たくさん出してね？」

ち×ぽを握って未佳子は笑うと、真一の上で背中を向けた。後ろ手に握ったち×ぽに、四股の要領でま×こを近づけていく。

「あん、未佳子姉さんたら、おトイレの姿勢で真一くんを？　力がかかっているから、おま×こがぱっくり開いてますわ……あぁ、膣がぬっとり……いやらしいわ」

傍らで見ていた麻紀が、かすれた声で熱く囁くと、誘われるように未佳子に近づき、しゃがんで丸みを強調している尻たぶを開いて、ま×こにち×ぽを触れさせる。

「あん、いま、くちゃ……って鳴ったわ……なんていやらしいの？　でも、とっても素敵……堪らないわ……ちゅ。れろ……あん、二人の味……ぬめえ……とろり」

そんなことはしなくてもいいのに、二人の欲情に煽られた麻紀が、ち×ぽとま×こに涎を垂らして挿入を助ける。

「あひ、舐められながら……うう……ま×こに……ひ……はひって……くう」

「あん、麻紀ったらダメよ、そんな……うぐ。かたひ……ひいん！　クリいまだめ……あぁん、処女だったくせにこんな……エッチな妹め……うぐう」

ち×ぽが入りきると同時に、未佳子は小さく達してしまった。硬さも太さも勢いも熱さも、普段の比じゃない今の真一は強烈で、うっかり潮まで噴いてしまう。

「姉さんたらもうイってしまったのね？　そんなによかったの？　いいなあ」

大股開きの背面座位の姉を、間近で見ながら歩美が呟く。顔にかかった潮を舐めて、出したら次は私よと言わんばかりに、火照った顔でま×こをいじって鼻を鳴らす。

素晴らしく淫らな歩美。でも、真一はそれどころじゃない。

「うう……締ま……ってますう！　ひ！　き、強烈に……締まって！　ますう！」

そうでなくても甘いま×こに、アクメのぬめりが加わって、たまらず真一も後を追う。入れるなりイってしまった。でも、目の前の未佳子の尻やま×こが素敵で、そのまま腰を遣いつづける。

「あう！……あぁ、擦れる……ぐ！……うう、ま×こ最高……うう！……ひ、僕のと未佳子さんのが混ざって……ま×こぐちょぐちょ……最高……うっ……あう」

ずぼっ、ぶぴっ、ぐぢょぶじゅ……と、ま×こを泣かせながら、未佳子に抜けては刺さるち×ぽが、緩んだ花びらの間から、泡立った自身の白汁を掻き出し、茂みをじっとり濡らしていく。

「あひい！　だめよだめ！　こっちはそれどころじゃ……いぐう！　擦れる！……あ

ぁち×ぽ……かたひ！　お、奥にいっ！　刺さってイク！　またイク！」

小さなアクメにアクメが重なり、次第に大きなうねりとなって、大人の女を呑みこんでいく。開かれた内腿が震え、開け放たれたおま×こが、牡汁で白く濡れながらお漏らしをつづける。それを歩美が間近に見ながら、欲しがる自分を慰めている。

「あぁ、歩美さんたら、そんなに僕が欲しいんですか？」

「だって、あなたたちがあんまり素敵だから……女だって性欲はあるのよ？……はん、どうでもいいけど、どうしていつもこんなになの？　すっごく素敵よ？　むちゅ」

ずりずり、ぐぢょじゅぶう……と、アクメする姉に出入りをつづける真一に、堪らず歩美が口づける。蠢く茎に舌をぬめらせ、白いものを啜りながら、ますますま×こをいじってしまう歩美は、どこから見ても図書館勤めとは思えない淫女だ。

「あう……ふう、はあ……私はもう平気だから、真一くん、次は歩美をお願い」

うんと可愛がってあげてね……と、汗ばんだ背中越しに微笑むと、未佳子は真一を妹に譲る。抜けたち×ぽは、もちろん勃起したままだ。こんなに素敵な三人と一緒で、うなだれている暇などない。

「あん、すごい……ぱくり……ずず。じゅるう……んはあ……ねちゃ」

いきなり歩美が咥えてしゃぶる。姉の汁と精液まみれの茎を舐め、啜り、清め、とは名ばかりの愛撫に耽る。愛の行為を間近に見て、すっかり歩美は女になっている。

「歩美さんのおしゃぶり気持ちいいです……入れたくなっちゃいました」

ぬるん……と、清めたち×ぽを口から抜くと、あなたの顔を見ながらしたいわ」

「もちろんいいわよ。跨っていい？　あなたの顔を見ながらしたいわ」

ぬるん……と、清めたち×ぽを口から抜くと、胡座をかいた真一に跨って、立てたち×ぽにま×こを捧げていく。

「あ……く……ひ……ぐ……あ、あぁぁぁ」

真一を見つめる歩美の美貌が、みるみる切なく歪んでいく。根元までま×こに沈めると、真一の首にしがみついて、自ら腰を動かしていく。

「ああ刺さるう！　奥に来てるの！　ひい……んぐう」

はしたない声をあげたのもつかの間、歩美が早くも天に召された。揺らしていた尻が止まり、アナルを露わにしながら、背中を反らせて歓びにむせぶ。

「もうイってしまったんですか？　あぁ、乳首がかちかちに勃ってるう」

目の前の、勃起乳首をしゃぶりながら、アクメのま×この甘さを愉しむ真一だったが、早くも動きはじめた歩美に、次第に追いこまれていく。

「くちゃ、ねろねろ。あぁ、僕も……むちゅう。ちゅばちゅぴ……うう……ま×こがねとねとで……れろん。くちゅう……あう……擦れる……ち×ぽいいですう」

左右の乳首を交互に吸って、気持ちを紛らわせようとするがもちろん無駄で、汗ばんだ肌の甘さが、むしろ真一を苛んでしまう。

「あん、おち×ぽがどんどんおっきくなってるわ……お射精したいのね？　いいのよ、我慢しないで。私のおま×この奥に、あなたの精液をたくさんちょうだい」

弾んだ息の合間に囁くと、歩美は後ろに手をついて、交わっている股間を晒した。

「ねえ見て。私たち、こんなにいやらしくなっているのよ？　ほら、あなたのち×ぽが、ずぼずぼって……茎に血管が浮いてるわ……亀頭もぱんぱん……」

脚をMの形に開いて、抜けては刺さるち×ぽを見せつける歩美の様が、一気に真一を昂ぶらせてしまう。

「あぁ、歩美さん！　僕もうイキますう！　あうぐ！」

二人の性器を凝視しながら、夢中で腰を振ったのもつかの間、半刺しになったところで真一は出した。

「あん、そこじゃダメよ？　奥に出すの……あん……かったあい」

歩美がすかさずま×こを突き出し、残りを膣奥に放たせる。花びらの狭間でち×ぽが震え、大量に放たれた白汁が、やがてねっとり漏れ出てくる。

「あん、溢れるほどに放ってもらったのね？　羨ましいなあ……私にも、同じくらいお射精できますか?」

繋がっている姉と居候の股間に、火照った美貌を麻紀が伏せる。漏れ出た汁を舐め取り、ま×ことち×ぽにキスをして、二人の余韻に色を添える。

それはもちろん真一を挑発するための前戯でもあるから、麻紀の朱唇はますます淫らに、そして健気になっていく。

「あぁ、こうしてお二人を味わっていると……くちゅう。ちゅく……ますます私……いやらしい女になってしまう……じゅる。ねろねろ……まだこんなに硬いわ」

麻紀のこういうところが真一はとても好きだ。普段は異性と目も合わせられないほどの恥ずかしがり屋なのに、いざとなると、男のためにすべてを捧げてくれる。

真一は、歩美に目で合図をして抜くと、そのまま麻紀を抱きかかえ、ベッドに優しく横たわらせた。

「お待たせしてすみませんでした。でも、そのぶん一生懸命おま×こしますね?」

言いながら、真一はち×ぽを水平にして、麻紀のま×こに近づけていく。無毛の麻紀のま×こは、姉たちとは違う魅力で真一を魅了している。

「あぁ、やっとなのね?……でも、少し恥ずかしいわ。だって、さんざん二人に見せつけられてしまったから……」

顔を真っ赤にさせながら、膝を抱えてま×こを晒す。刹那、待ちわびていた花弁が緩み、じわ……と、膣から潤いが漏れて、間際で待ち構えている真一を濡らした。処女の健気さを残しつつ、大人の女の淫らさを湛えた麻紀のま×こ。

「あぁ、麻紀さん……う……ぐぐ……相変わらず狭いですね……でも、エッチなお汁でぐちょぐちょだから……うう……最高に気持ちいいですう」

姉たちよりも腰に力を入れながら、麻紀のま×こにち×ぽを沈めていく。溢れる汁が恥丘を濡らし、ぬめぬめとした光沢で包みこんでいく。

「あぁ、来てますう……んひぃ……え、抉れる……ひろ……がる……おま×こ」

「あん、麻紀ちゃんがぱつんぱつんに広がってる……いつもこんななの？　大丈夫なの？　本当に裂けちゃいそうよ？」

「私たちでも真一くんはつらい時があるから……頑張って、あと少しよ」

歓喜しつつも苦しげな妹に、二人の姉が寄ってきて、心配そうに見つめていたが、やがて未佳子が、結合途中の性器に俯き、たらり……ぬめ……と、潤いを与えはじめる。

「ほら、こうするとどう？　少しは楽になったでしょう？」

「私も協力してあげるわ……ねろ、くちゃ、れろ……あふ、気持ちいいのね？　お汁が出てきたわ……ちろちろ……これなら平気そうね……よかった」

次女に倣った歩美は、少しでも痛みが減るようにと、麻紀の歓びの蕾に口づけ、辺りを優しく舐め回す。

「あぁ、二人ともありがとう。おかげで大分楽になったわ……あぁ、すごく熱いの。おま×こがいっぱいで……ふに……だんだん気持ちよくなってきました」

「よかったわ……じゅるう……ねと。くちゃ……あん、真一くんもますます……」

「あ、姉さんたらずるいわ。じゃ私も……じゅぶ、ちろちろ……あん、止まって。亀頭を舐めてあげる……じゅる」

妹のための手助けは、いつしか愛戯へと変化していく。緩やかな抜き刺しをはじめた真一と麻紀を、二人の姉の舌と唇が追いかけ、いっそうの歓びを与えていく。

二人の姉の淫らな優しさは、すでに何度も放っているはずの真一を、あっという間に昂ぶらせてしまう。

「あ……くひ……い、お、おま×こしている妹を……うぐ……舐め舐めするなんて……ひ！　僕は舐めちゃダメです！　そうでなくてもきついのに……ひ……うう！」

交わっているだけでも素敵なのに、そこに二人の美貌が近づき、夢中でま×ことち×ぽを舐めている。

もちろん麻紀も素敵になっている。

「あん……すごいわ。どんどん硬くおっきくなってるう……我慢しないでもいいのよ？　私はもう……あ、歩美姉さんダメ、今そこ敏感……ひ！　未佳子姉さんまで……し、真一さんも……うぐ！　み、みんなで麻紀をよくしてくれてるから……ひ！」

汗ばんだ乳房を、三人がかりの快感に震わせ、涙目になってみんなを見ては、こみあげてくる歓びに悶える。ま×こもどんどん甘くなり、真一にぬめり、甘くしゃぶり、射精をおねだりしている。

「あん、麻紀がまた……んふう……これ、潮？　処女じゃなくなったばかりなのに……エッチな子……でも、素敵よ？」

「麻紀だけじゃないわ……れろ。くちゃくちょ……真一くんだって……ねぇ、早く放ってあげて。こんなに欲しがってるじゃない。可哀想だわ」

真一を見上げた二人は、愛撫を男に集中させる。玉をしゃぶり、アナルをくすぐり、二人がかりで茎をしごく。

急激に限界が来た。

「さ、三人とも素敵過ぎます！　あぁ！　もうイキます！　お、お射精しますう！」

「え？　あぁそんな！　ひぐ！　お、奥にいっ！……おち×ぽ……破けるう！」

興奮にまかせて麻紀の脚を肩に抱えると、まんぐり返しの体勢で、猛烈に突きこみはじめたのもつかの間、十秒と持たずにち×ぽが震える。

「あん、会陰がびくびくいってるう……たくさん放っているのね？　むちゅ」

「麻紀ちゃんもすごいわ。エッチなお漏らしで表面がぬとぬと……素敵よ？」

「あぁだめ、ですう……出してるから……うう……玉だめ……う、後ろも」

「あう……ぐ……あぁまた……また来るう……はう……ひん……あぁまた……イク」

交わっている麻紀と真一に二人の姉が寄り添っている。それぞれを思いやり、慈しみながら、舐め、しゃぶり、キスをしている。

姉妹と居候はとても仲がいい。

たった一人を例外にして。

3

たった一人の例外は、自分の部屋で悶々としていたのだった。

力いっぱい耳を塞いだ。

でも無駄。

だから今度はティッシュをつめた。

耳が痛くなっただけ。

ヘッドホンで音楽を聴いた。うんと大音量で。

むしろみんなが気になってしまった。曲間に耳を澄ましてしまって、そんな自分にますます嫌気がさしてくる始末。

結局は——

靖子にできることはといえば、自室で独り悶々とするだけだった。

廊下を隔てた部屋から聞こえてくる。どんどん大きくなっている。

妹たちの歓声が、嫌でも靖子の耳を苛む。

「あぁもう！　どうして家でするのよっ」

聞こえよがしに言っても無駄で、返ってくるのは歓びの声ばかり、いっそう靖子は空しくなって、ベッドに入って毛布を被った。我慢できずにすぐ起きる。初夏なのに、窓もドアも閉めているから暑い。

「……バカみたい……って言うか、バカよね……」

ベッドに起きあがった靖子が額の汗を拭う。みんなの歓びの声を聞きたくないのなら、家から出ればいいだけの話なのだ。

「あの子……私が家から出ないって確信してやっているのよね？　ったく、姉を馬鹿にしてるわ！」

未佳子の気性は知っている。明るくて大胆で、やると言ったら躊躇わない。そういう性格だから、トレーダーとしても成功した。おかげでこの家も買えたし、真一とだって会えた。

のだけれど……。

「だからって、こういう真似をしてもいいわけ？……あぁぁん、うるさい！　うるさ～い！　う・る・さ・い！」

あぁ！　もうダメになりますぅ！……という、誰かの声が聞こえてきて、靖子は堪らず声をあげてしまった。聞こえたかどうかはわからない。きっと、みんな真一に夢中だから。

それっきり、いきなり沈黙が訪れた。

みんな満足して眠ってしまったの？……などと思って、靖子はますます気が気じゃない。嫉妬と羨望と疎外感、それに四人へのさまざまな思いが混じりあい、靖子の心を大きく波立たせている。

やがて――

（あぁ、こんなことしたくないけど……気になって仕方がないわ……バカな女）

靖子の我慢の限界が来た。四人の様子が気になってならない。

そっと部屋を後にする。

葛藤にざわめく心とは裏腹、息を殺して廊下を歩く。足音を立てぬようゆっくり歩いた。部屋が近くなるにつれ、心臓の鼓動が高鳴っていく。

「……」

向かいの部屋のドアに張りつき、耳を澄ます。刹那、自分のしていることを自覚し、情けなさに唇を歪めた。いくら気になるからって、これじゃまるで変態だわ……。

靖子はその場を動かない。

微かに声が聞こえてきた。今ごろになって気づいた。ドアがちょっぴり開いている。

まさかあの子、私がこうするのを予想して？……

疑念はすぐに忘れ去られる。声が聞こえてきた。これは……未佳子？

「ねぇ、真一くん、そろそろお嫁さんにする子は決まった？」

「もちろん私よね？　さっきのぱいずりで、とっても気持ちよさそうにしていたもの。射精もすごかったし……あぁ、またしてあげたくなってきちゃったわ」

これは歩美。おっぱいが大きいからって調子に乗りすぎよ！

「でも、私のおしゃぶりでも、うんとたくさん放ってたのよ？　だから私」

麻紀までそんな。あぁ、もう！

「誰が一番とか……そんなの決められません……みなさん最高に素敵だから……あぁ、ダメです。また穴を……ひ……歩美さん？　アナル？……麻紀さんまで？　ひ」

靖子の身体が熱くなった。真一さんのバカ！　スケベ！　浮気者！

ドアを開け放ちたい衝動に駆られた。大声で言ってやりたかった。真一さんは私のものなの！　真一さんだって、私のことが好きなんだからあ！

（でもできっこないわ……そんなみっともないこと……覗きまでして、そんなこと）

躊躇う靖子の耳に、未佳子の声が聞こえてきた。

「みんな、一通り真一くんにしてもらったわね？　それじゃ、ここからは、みんな膣出ししてもらいましょう。いいわね？　平等に、同じ回数してもらうのよ」

「そういう未佳子姉さんは、一回目から膣にしてもらったじゃない。ずるいわ。そのぶん確率が高くなってるってことでしょ？」

不満げな歩美の言葉が後につづいた。靖子が小首を傾げた。

（確率？……なんのかしら？）

「それに、いくら真一さんだって、しているうちに薄く少なくなってくるし……平等っていうのは難しいと思います」

ますます靖子はわからなくなる。薄かろうが少なかろうが、真一の気持ちには変わりないだろうに……。

わからない靖子をよそに、あれこれ姉妹は言い合っていたが、やがて、取り成すように未佳子が割って入ってくる。

「じゃ、してもらう順番は、じゃんけんかあみだで決めましょう。それで文句なし。いいわね？　でもね、妊娠するのに濃さとか量は関係ないのよ？　精子は調味料じゃないんだから……」

苦笑まじりの未佳子の声に衝撃を受ける。

靖子の顔色が変わった。耳を疑った。妊娠？　いま、妊娠って言ったの？

「あぁ、そんな……まさか、あの子たち、そこまで真剣に……なんてことなの」

思わず声に出して呟き、その場に崩れ落ちそうになってなんとか堪えた。

この期に及んで——

靖子はどこかで高をくくっていたのだった。

いくら本気になると言ったって、三人で真一を愛したって、なにがどうなるわけでもないと、靖子は決めてかかっていた。三人に求められればそれだけ、気のいい真一は迷うだけだし、結局は元の木阿弥、どっちつかずのままになる……などと、心のどこかで楽観視していた。

でも——

「に、妊娠なんかしたら……もう終わりだわ……」

気のいい真一である。どんな形で交わったにせよ、責任を取るに決まっている。そもそも三人のことは嫌いじゃないはずだし、そうなったら……。

「……って、それじゃ、三人同時におめでたって可能性もあるじゃない」

靖子は眩暈を禁じえなかった。そんなふしだらな仕儀に相成ったら、もうこの町では暮らせない。いや、そんなことはどうでもいい。真一だ。

「あの若さで、母子合わせて六人なんて、あの子のお給料で養えるわけない……授業参観だって一苦労だわ……あぁ、なんてことなの……可哀想過ぎるわ……」

大事なのはそこじゃないのに、嫉妬と狼狽のあまり、靖子の思考は支離滅裂、それでも未佳子に対する怒りだけは、どんどん大きくなっていく。真一が不幸になるのを重々承知で、姉への対抗心だけで、こんなことをしている未佳子に、敵愾心が沸々と湧きあがってくる。

そこに——

「ねえ、もう一回して。またうんと濃いのを膣にちょうだい。立派な赤ちゃんを作るためにも、今度は一滴も漏らさないようにするわ」

鼻にかかった未佳子の声が聞こえてきて、靖子の頭の中が真っ白になった。

気がついた時には――

「い、いい加減にしなさい！」

大きな声で叫びながら、靖子は部屋に突入していた。

「あん……」

でも、それきり声が出せなくなった。

部屋の中が、男女の性の芳香でむせ返るようになっていたから。

4

入ってきた靖子を見て、顔色を変えたのは真一だけだった。

「うわ！　や、靖子さん！　い、いらっしゃったんですか？　そんな、話と違う……あ、あの、これには深い深いわけがありまして……」

慌てふためく真一だったが、靖子が自分を見ていないことに気づいて表情を緩めた。

「こ、これ以上勝手にはさせないわよ？　いくら妹だからってもう……真一さんのためにも、もうこれ以上は……」

妹をなじる姉の美貌は、その口調とは裏腹に、すっかり上気し火照っている。部屋の空気を染めている、男女の愛戯の艶やかな薫りは、靖子をすでに女にしていた。

「予想より早かったわね。おかげで、愛してもらいそこなっちゃったわ」

真一に跨っている未佳子が言った。その手にはち×ぽが握られ、ま×こに先を埋めかけていた。

「い、入れたいのなら姉さんは止めません。でも、妊娠はダメです！　三人一緒にそうなったら、いったい真一さんはどうなってしまうの？　お薬を飲んでいないのなら、せめてゴムを着けてなさい！」

一足飛びにベッドに近づき、未佳子の手からち×ぽを分捕って靖子は言った。手の中のち×ぽの熱と硬さ、そして色んな汁のぬめった感じが、ますます靖子の気持ちを逆なでしていく。妹たちを見ながら心に誓った。このおち×ぽは私のものなの！　あなたたちには、もう一秒だって入れさせてあげない！

「ちょっとお、いきなり入ってきたうえに、そんな乱暴にしていいわけ？」

そんな靖子を見ている未佳子の顔は不満げで、姉はますます意固地になる。

「そんな顔しても無駄よ。真一さんの将来のために、あなたの勝手にはさせないわ」

無意識に、真一を握る手に力がこもり、持ち主が低くうめく。でも、靖子はそれどころではなかった。未佳子の出方次第では、どんな防御策でも講じる覚悟を決めている。

(三人で強引に取り返しに来たら、おま×こに入れてでも渡さないから!)

無意識に、靖子はスカートの中に手を入れてパンティを脱ぎ捨てた。いざとなれば、強引に真一を押し倒して跨る所存、見られてたって構わない。

(そして、私のま×こで、うんと真一さんをよくさせて、勃たなくなるまでお射精させちゃうんだから……そうすれば、この子たちだって手は出せないはず……)

ところが——

「姉さんこそ、そんな顔で私たちを見ないでよ。それにしても、姉さんも案外大胆なのね。私たちの見ている前で、真一くんと一つになる気? でも、ゴムは着けなくちゃダメよ? ふふっ」

からかうように言った未佳子には、姉への対抗心など欠片もなくて、靖子も思わず拍子抜け、他の二人はと目をやると、こちらも優しげな笑みを浮かべている。

「だ、だって……あなたたちが真一さんを……一人を選んでもらうために……妊娠するまでエッチするって……だから私……真一さんを守るために……だって、みんなが妊娠したらお金だって足りないし……だから……」

怒りの矛先を失って、靖子はすっかり動揺している。裾の乱れたスカートがま×こをのぞかせていることにも、恥ずかしさにかまけて、ち×ぽをいじっているのにも気づいていない。

「ふうん。真一くんを守るために、ね……じゃ、ゴムを着けてすればいいわけ？　妊娠しないようにすれば、私たちこのまま真一くんと愉しんでもいいんだ？　そっかよかったわ……と、」

「だ、ダメよ！　そんなのぜったいにだめ！　許さないんだから！」

「どうして？　大丈夫、きちんとするわ」

「ダメったらダメ！　そういう問題じゃないのよ！」

「だったらどういう問題なの？　この際だからはっきり言って。どうして姉さんは、私たちと真一くんとのことを邪魔するの？」

靖子は言葉につまった。まんまと未佳子にはめられたのを悟る。でも、もうどうしようもない。

「す、好きだからに決まってるでしょ！　断っておきますけどね、真一さんだって私のことを……ちゃんと訊いてないけど……と、とにかくそういうことなの！」

だから思い切り言ってやった。宣言してやった。私は真一さんが好き！　大好きなの！　だから誰にも渡したくないのよ！

「だから……だからもう、あなたたちには渡さないわ。好きな人なんですもの。渡したくないのよ」

言いながら、靖子は心が澄み渡っていくのを感じていた。こんなに爽快な気持ちになるのはいつ以来だろうか。こんなことなら、もっと早くに告白すればよかったと後悔した。

未佳子はなにも言わなかった。それが靖子には気がかりだった。怒ったのかしら？　でも、いいわ、怒りたいなら好きになさい。私の気持ちは変わらないから。

と、なにも言わない妹に、靖子が身構えたのとほとんど同時に——

「……やっと素直になってくれたのね。本当によかったわ。ううん、あんまりよくはないわね。うんと時間はかかったし、妹たちに、こんな無理をさせたんだもの」

未佳子の声には安堵の色が濃くて、靖子はすっかり拍子抜け、怒りの矛先に困っている。おまけに、他の二人も表情を緩めているから、ますます靖子はわからない。

「姉さんも告白したことだし、私たちはさっさと引きあげた方がよさそうね。二人とも、ちゃんと真一くんとお別れができた？　心ゆくまで愛してもらえた？」

姉に訊かれた二人が、複雑な表情になったのは仕方のないことかもしれない。好きでもない男と、こういうことをする二人ではない。かといって、姉と真一の気持ちも、自分のそれ以上に、二人はよくわかっている。そして、これが最後の逢瀬だということも……。

歩美が、なにかを吹っ切るみたいに、大きく息を吐き出した。

「まだまだ全然足りないけれど、仕方ないわよね。でもいいわ、私なりにケジメはつけたつもりだから。もう心残りはありません」

さっきお顔にもらったお汁、すごく熱くてすてきだったわ……と、真一に言うと、恥ずかしそうに笑ってみせた。女としての自信を再確認させてくれた真一である。気持ちよく送り出してやりたい。

その横で麻紀も小さく頷く。

「いつまででもこうしていたいけれど……何事にも終わりはあるのだものね……短い間だったけれど、とっても愉しかったわ。これからは姉さんをお願いします」

ぺこり……と、頭を下げる麻紀は、しかし裸身を隠しはしない。最後の思い出にと、私を憶えていて欲しいと気持ちをこめて、真一に肌を見せている。

頭を下げて、顔を見せない麻紀を未佳子が察した。

「麻紀ちゃんの気持ちもわかるけど、最初からそういう約束でこうしたのでしょう？ ほら、拭きなさい。そんな顔をしていると、姉さんと真一くんが遠慮しちゃうわ」

麻紀の目元を指で拭う未佳子も、少し瞳が潤んでいる。

「とにかく、後はお二人で上手くなさいな。邪魔者はさっさと退散しますからご心配なく……これからはもう、私たちに手間をかけさせないでね？」

自分の気持ちに、これからはいつでも素直にいるのよ？……と、ちょっぴりお説教っぽく言う未佳子は、靖子の自慢の妹だ。綺麗で姉思いで、ちょっぴりエッチな妹。

「未佳子ちゃん……それに二人も……そうだったの……そういうつもりで……あぁ」

すべてを知って、靖子は自分を恥じたのだった。

「私がいけなかったのね？ 私が勇気を出さなかったから、みんなに迷惑をかけてしまって……本当にごめんなさい。もっと早くにこうするべきだったのね……ごめん」

「もう、姉さんたら、謝る暇があるのなら、他にすることがあるんじゃない？」

歩美に言われて、靖子は急に現実に戻った。未佳子たちと話している間に、いつの間にかち×ぽを手放してしまっていた。

「え？……あ……真一さん？……あぁよかった。そこにいたのね」

「靖子さんがいるのに、どこにも行くわけありません」

邪魔にならぬようにと、ベッドの隅に移動して、姉妹を見守っていた真一が、靖子と視線を合わせて、恥ずかしそうに笑ってみせた。

「私を許してくれる？……意固地なおばさんだけど、ずっと一緒にいてくれる？」

真一に近づいて靖子が言った。潤んだ瞳で見つめながら、そっと股間に手をやった。三人がいても構わない。一刻も早く真一を確かめたかった。

それは真一ももちろん同じ。

「許すとかないです。はっきりしない僕も悪かったんですから。それに、靖子さん知らなかったんですか？　僕、意固地な年上の女性が理想のタイプなんです」

靖子の手の中で、いっそう逞しくしながら、自分も彼女の腰を抱く。尻に手をやり、丸みに指を食いこませる。それだけで入れたくなって腰を揺らした。

気持ちを隠さない二人を見て、むしろ未佳子が頬を染めた。

「あん、もう勝手にして。いつまでも惚気てればいいわ。あぁ、なんだかバカらしくなってきちゃった。どうせくっつく二人のために、私たちばかり貧乏クジを引いて……さ、歩美と麻紀、さっさとしなさい」

まだ名残惜しげな二人の手を取り、未佳子はベッドから降りた。

二人にお別れを言おうとして、やめた。

互いの手を取り、見つめ合う二人は、もう未佳子たちのことなんか眼中になかった。

さよなら……と、誰にも聞こえないように、未佳子は別れを告げたのだった。

涙は見せなかった。

意地でもそんなことはできなかった。

本気で好きになった人には、みっともない姿は見せたくなかった。

5

三人がいなくなったことに二人が気づくのは、まだ少し先のことだ。

二人は今は二人に夢中、互いの想いを確かめるように、固く抱き合い唇を重ねる。

「あぁ……靖子さん……くちゅ。ちゅばちゅぴ……好きです。大好きなんです……」

「あふ。そんなに舌を入れたら息ができない……くちゅ、じゅぶじゅぼ……私もあなたが好き……初めて会った時からずっと……誰よりもよ？　むちゅ、ねろ」

激しいキスを交わしながら、二人は互いに触れている。靖子が握り、しごいている。

真一は靖子を脱がしにかかる。興奮のせいでブラウスのボタンが飛んだ。スカートのチャックが異音を立てる。でも、二人とも気になんかしない。頭の中は交わることで一杯になっている。

ほどなく靖子は全裸になった。抱き合ったままベッドに寝そべる。

「あぁ、もう入れたいです。靖子さんと一つになりたい。いいでしょ？」

勃起乳首をしゃぶりながら、真一が腰で靖子をねだる。横臥して、脚のあげられた靖子の股間に、ち×ぽがかすめて濡音を立てる。二人の甘いうめき。

「あぁ、私も早くあなたのものになりたいわ。でも、もう少し、もう少しだけ待って欲しいの。やることがあるから。やらなくてはいけないの」

真一を握り、名残惜しげにしつつも起きあがった靖子は、愛しい人の股間に俯き、咥え、しゃぶりはじめる。

「あぁ、そんなこと後でもいいのに……あう……でも……すごくいい……出そう」

「入れる前に、あなたを隅々まで綺麗にさせてください……むちゅ。とろり……ねろお……くちゃ……でも、あの子たちの名残が嫌なわけじゃないのよ？……じゅぷじゅぼ……むしろ逆だわ……ずずう……確かめたいの……二人の本気を……あぁ」

それは自らへの戒めでもあった。素直になれなかった自分への罰といってもいいかもしれない。

「ちゅうぅ……ぬらあ……はふ、すごいわ、みんなのがそこら中にねっとり……生クリームみたいのがこってり……すごく夢中になっていたのね……真一さんに……それに、真一さんのもすごくたくさん……みんな、一生懸命あなたを愛したのね……」

茎に筋を引く白いものを舐め取り、エラ縁に溜まった汁を啜る。数回分の精液とアクメの印の混ざった汁は、靖子を噎せさせるほどに濃い。正直、妬ける。でも、みんなの気持ちを、靖子は残らず引き受けるつもりだ。

みんなの分も真一を愛する。

身を引いてくれた妹たちの分まで愛し、愛されるつもりだ。三人の愛を舐め清めるのは、みんなへの罪滅ぼしであると同時に、そんな靖子の決意表明でもあった。

「あぁ……そんな、ち×ぽだけでいいんですよ？……疲れちゃいます」

靖子がやがて、真一の腹や胸にまで舌を移動させてきたのに気づき、戸惑った風に真一が言った。

「気にしないで。どこもかしこも綺麗にしたいの……ぬめえ、くちゅ……だから好きにさせて……あん、爪先までお汁が……いったい、誰になにをしたの？」

呆れつつも嫉妬しながら、舐め清拭を終えた靖子を、待ちかねたように真一は抱き寄せ、ベッドに仰向けに寝かせる。

「今度は僕の番です。靖子さんの一番大事な部分を確かめさせてください」

言うなり真一は、靖子のま×こに口づける。花びらを舐めて柔らかさを愉しみ、みるみる緩んだ膣口に舌を差しこむ。刹那、ひぃん！……と、かすれた悲鳴を靖子がこぼし、堪らず脚で真一を抱えた。挿入が深まり、真一は茂みで息が苦しい。でも、やめない。やめるわけがない。

「んはあ……ぐぢゅ。じゅぽじゅび、くちゅくちゅぬめ……むはあ……まん汁がすごくて……ごく。ごくん……んぐ……溺れそうなほどだ……あぁま×こ熱いです」

靖子の膣襞を味わうように、真一は舌でかき回し、入れたり出したりを繰り返す。何度やっても飽きるどころか、ますますま×こが欲しくなる。考えてみれば、靖子を口で愛するのはこれが初めて。興奮しない道理がない。

もちろん靖子も感じている。これ以上ないほどに興奮している。

「あぁ、私、すごくしあわせよ？　あなたにおま×こを愛してもらえて……あぁそこいい……この家であなたに会えて、こういうことができて……あ！　ひい！……」

小刻みに腰を遣って、真一の顔いっぱいに、靖子は濡れたま×こをぬめらせ、くちゃくちゅぐぢょ。じゅくみぢゃぬめ……と、部屋に大きく淫音を立てさせている。

「好きよ！　あなたが好きなの！　だからもっとして！　おま×こよくして！」

こんな恥知らずなおねだりも、今の靖子は自然にできる。好きな人にならば、どんなにはしたない自分も靖子は見せることができる。

未亡人になって八年余、靖子はようやく第二の人生を歩き出そうとしている自分を、真一への気持ちの強さで確認している。

「あぁ、僕のなめなめでこんなに感じてくれるなんて嬉しいです。膣襞がぬめぬめになって……あぁ、早くここにち×ぽ入れたい……むふう。くちゃくちゅ」

擬似性交が真一をも興奮させている。その時を期待し、ち×ぽは爆発寸前にいきり勃ち、堪らず自分で慰めながら、夢中でま×こを愛している。

「ひん！　か、感じてます！　おま×こすごくよくなってるのよ！　でも呆れないでね？　こんなによがってる私を……ひ！……あぁ、お、女になりますう！」

靖子の悦びの言葉は、やがて歓びの波に呑みこまれていく。ま×こが溶けるような錯覚とともに、頭の中が白くなっていくのを靖子は感じる。目の前に、光の束が幾筋も飛び、身体がどんどん軽くなる。

利那——

「ああいくう！　んぐう！」

股関節が外れそうになるほど美脚を広げ、両手で真一の頭を抱えながら靖子が天国へと旅立った。Vの字になった靖子の両脚が、天井めがけて爪先を尖らせ、ま×こに押しつけた真一の顔に、びゅるう！　びぢゅうぅっ！……と、アクメの潮を噴出させる。漏らしながらま×こを揺らし、膣奥の歓喜を求めつづける。

「あぁ、すごい。靖子さんがこんなに……嬉しいです」

真一の声に、アクメしながら靖子が頰を赤くする。

「……あぁ、なめなめくらいで、こんなにはしたなくなってしまうなんて……いい歳して恥ずかしいわ……あふ……だめまだ舐めないで……あん……感じちゃう」

余韻に肌を火照らせながらも靖子は起きあがり、真一を仰向けに寝かせた。

「今度は私にあなたを愛させて……あぁ、なんて逞しいの?……はむ。くちゅ」

言うが早いか咥えると、躊躇うことなく深く誘う。溢れる涎を、早くも喉に伝わせながら、ち×ぽに朱唇を捧げていく。

「ぐぢゅ、じゅぼじゅぷ。ぬちょ。ぬらぁ……むふう……はむ。じゅぼじゅぶう……すごく熱いわ……ぬぽっぬぴっ。じとぉ……硬くて……じこぢゅく……好き」

口角を伸びきらせてち×ぽを頰張り、締めつけた唇で思い切りしごく。ごつごつした茎の感触が素敵で、靖子は涎が止められない。

「むはあ……じゅるう……じと……はしたなくてごめんなさい……じと。じこぢゅく。

でも……あぁ、してあげたいの……汚くてごめんなさいね？　でも……ぬと」

抜いた亀頭に涎を垂らし、ぬめりを指で茎に伸ばしてしごく。てらてらぬめる亀頭を咥え、いっそうの涎で包むように舐める。穴に舌を入れる。舌を穴にぬめらせる。

真一は驚いている。

「あぁ、こ、こんなに？　うぐ！　こ、こんなことって……あう！」

淫らがましい靖子にじゃない。イキたくなっている自分に驚いている。すでに妹三人に、真一は数回放っている。それなのに、靖子に数分しゃぶられただけで、もう撒き散らしそうになっている。

靖子も気づいた。

「んふう……亀頭が張りつめてる……気持ちよくなりたいのね？　いいのよ」

勃てたち×ぽに、見せつけるように舌をぬめらせ、靖子が真一を挑発する。見つめる瞳が欲情に濡れている。真一もそうだが、靖子もいつもの彼女じゃない。

「あぁ、僕、イク！　うぐう！」

大きく伸ばされた靖子の舌が、自分のち×ぽの裏筋に踊るのを見ながら、あっという間に真一は放った。靖子の眼前に直立したち×ぽが、どびゅるう！……と、白汁を柱のように噴出させたのもつかの間、すぐに粘った雨となり、靖子の顔や髪を濡らしていく。鼻梁に沿って唇に落ちた汁を、靖子が舌で舐め取って微笑む。

「あふ……とってもたくさんお射精したのね……嬉しいわ……もっと出して」

吐精の脈動をつづけるち×ぽを、優しく淫らにしごきながら、降り注ぐ白い雨をものともせずに、靖子はしゃぶり、あるいは舌をそこら中にぬめらす。気づいているのかいないのか、ま×こをいじっている。

そんな靖子を見て、出しながら真一は欲情する。

「靖子さん、そんなにおま×こに欲しいんですか？　僕も入れたいですぅ！」

自分でしごき、残汁を搾り出しながら、四つんばいにさせた靖子を一思いに貫く。

「え？　でも、まだ出てる……あん……ひ！　あ、入って……ひ……お、おち×ぽ！　来てる！　おっ……ひ！……おま×こに……ああ！　うぐう！」

強引な真一に驚きながらも、尻をち×ぽに向けた靖子だったが、アクメの余韻色濃いま×こに、いきなり根元まで突きこまれては堪らない。ぐぢゅぶぢゃぐぢゅう！

……と、膣汁音を響かせながら、一気に天に召されてしまう。

「あぁ、靖子さんもうイってしまったんですね？……うう、ま×こ締まる……気持ちいい……ち×ぽ……ま×こ欲しい……もっともっと……あぁ、靖子さんっ」

いっそう甘くなったま×こに、真一も夢中で抜き刺しをする。豊かな白い尻に指を食いこませて固定し、盛った男の腰にまかせて、勃起ち×ぽでま×こを犯す。

「ああ……ひっ……ふ、ふと……いぐう！　はっ……ぐ……刺さ……るうぐ！」

アクメしながら靖子はしかし、飛びそうになる意識を保って、真一のために腰を振る。汗まみれの尻越しに振り向き、濡れた瞳で見つめながら、私のま×こに早く放って……と、男の熱い悦びの印をおねだりする。

「あぁ、なんていやらしい顔をしてるんだ……うう……あう……もう出そうだ」

昂ぶりのままに、真一の腰があわただしくなる。今日はまったく我慢が利かない。靖子のま×こを凝視しながら、欲望のままにち×ぽを突き刺す。激しい濡音。溢れる女汁。靖子の下のシーツが濡れる。真一の眼下で剝き出しのアナルが、抜き刺しに合わせて歪んでいる。

「あぁん、太くなったわ！　あなたが……ま×こで……ひいん……来て！」

「い、言われなくても僕はもう……ああ！」

靖子のおねだりのままに真一は放つ。無論、イク寸前に根元まで突き刺し、子宮に直に精液を飛ばした。さっき出してから五分、入れてからは二分と経っていないが、我ながら感心するほどの量の汁が、戦慄く尿道を遡っていく。

「あぁ……靖子さんごめんなさい。僕、またイっちゃいました。すればするほどよくなってきて……あぁ、そう言ってるうちにもう……」

気持ちよくなってきちゃいましたあ……と、半分涙目になりながら、放ち終わらぬままに真一が動きはじめる。今度は正常位だ。靖子と気持ちが通じ合って、真一はいつになく昂ぶり、欲情している。

今日の真一は激しくも早い。でも、もちろんち×ぽは、依然隆々として勃ち、ま×こを容赦なく求めつづけているから、未亡人としては、感謝こそすれ、謝られる筋合いではない。

「あぁいい！　うぐう！　早いなんて気にしないで……うぐ、ひ……こんなに逞しいんですもの……お、奥に刺さるわ……それに私だってさっきから立てつづけに……ひ」

なにしろ靖子もイキまくっている。ち×ぽが抜けたといってはアクメし、刺さると同時に歓喜している。真一の興奮をま×こで感じれば感じるほど、放たれる汁を浴びればそれだけ、靖子もどんどん昂ぶっていく。

「僕、靖子さんとこうなれて、ちょっと……いえ、めっちゃ興奮してるみたいです。でも、数をこなせば慣れますから。こんなに早く出さないようになりますから」

ま×こを求めながら真一が言う。でも、その語尾がみるみる苦しげになってくる。

そんな真一を、靖子は優しい笑みで見守っている。

「そんなこと心配してないわ。でも、あなたの言う通り、数をしてれば慣れてくるわね。これからはずっと一緒なんだもの。明日も明後日も、明々後日もしましょう。私はいつでも、あなたが望むだけ愛してあげますわ」

淫乱でごめんなさいね？……と、自分のセリフに恥じ入る靖子はやがて、ふたたび官能の虜になっていく。気持ちを解放したいま、靖子もひどく感じている。含羞した美貌で真一を見つめながらも、ま×こは淫らに男を求めている。

慎み深くて優しくて、淫らで奔放な大人の女。

そんな靖子は――

きっともうすぐ、真一の妻になる。

想った途端に――

真一は猛烈に昂ぶっていく自分を感じた。早漏の理由がわかった気がした。

「あぁ、靖子、僕もうイキたい。靖子のおま×こに出したいんだ！　いいだろ？」

年上の未亡人を、真一は初めて呼び捨てにした。同時に、強烈な快感がち×ぽに生じて、もうどうにも出したくなる。

「いいわ！　来て！　来てください！　あなたの熱いのを未来の妻に放って！」

靖子が真一を見上げている。淫らな汗に濡れた美貌で、未来の夫の悦びの汁を待ちわびている。
二人の腰が激しさを増す。
互いを抱きしめ、求め合う。
目で、唇で、肌で、そして性器で、想いのたけを伝えていく。
靖子を見つめながら真一が放った。
真一を見上げながら靖子も達した。
互いの歓喜を確かめるように、二人は固く抱き合い、求めつづける。今日は夜まで
こうしているつもりだ。できれば朝まで。
これから毎日、こんな風に靖子と過ごせると思うと、真一は嬉しくて堪らない。

終　章　新しい生活

せっかくだから、外観はそのまま残すことにみんなで決めた。

リノベイション後は、二世帯——正確には三世帯——住宅になるから、生活空間は、基本上下で別にした。基本、と言ったのは、下のリビングはうんと大きくして、いつでもみんなで集まれるようにしたからだ。

「その方が、叔父さんたちも喜ぶと思います。夫婦二人じゃ寂しいって、最近よく言ってましたし……本当にありがとうございます」

真一は、横にいる未佳子に頭をさげた。未佳子がいなければ、この計画は絵に描いた餅もいいところだった。

「もういい加減にして。頭を下げられるのは好きじゃないの。元々広すぎる家だったしね……じゃ、どうして買う気になったのかしら？……不思議ねえ」

今ごろになって、自分の決めたことを疑っている未佳子を見て、隣りの歩美が呆れたような表情を浮かべた。

「つまり未佳子姉さんは、直感だけでこの家を買ったわけ？……おかしいと思ったわ。四人にはぜんぜんおっきいものね」

「でも、いいじゃないですか。おかげで靖子姉さんがしあわせになれたんだから……それに、私たちも。ちょっぴりですけど」

麻紀が言い添え、未佳子の向こうにいる長女を見た。とにかくよかったです……と、言葉を重ねると、靖子は真っ赤に頬を染めた。傍らにいる真一の手を握ると、嬉しそうに見つめ合う。

「ちょっとお、ラブラブごっこはお部屋に戻ってしてね？　いい歳の独身女が、ここに三人もいることをお忘れなく。あぁ、目の毒もいいところだわ。熱い熱い」

悪戯っぽく未佳子が言った。意固地な姉をからかう趣味は相変わらずだ。

「ほんとほんと。そうでなくても毎晩うるさくて敵わないんだから……ったく、聞いているこっちが恥ずかしくなっちゃうんだからね」

つまらなそうに歩美が言った。嬉しかったり愉しかったりすると、歩美はいつもこういう表情になる。長女に似て意固地なところがあるのだ。

「だから二世帯住宅にするのでしょう？　防音にするから、これで安心ですね？」

自分のことのように麻紀は笑顔を浮かべて言った。大人の女になって以来、麻紀はすっかり明るくなった。そして、下ネタにも少し強くなっている。

「もう、未佳子に歩美に麻紀ちゃんまで……。あんまり姉をからかわないで……あん、やっぱり引っ越さない？　これからもこうやってからかわれるの、私、嫌かも」

首まで靖子は真っ赤になって、横の真一の袖を引っ張る。意固地だった長女は、いまでは世話女房よろしく、甲斐甲斐しく真一の世話を焼く姿も、しばしば妹たちのからかいのネタになっている。

「え、今さらそんなの無理ですよ。叔父さんたちも、もうマンションを出る準備してるし……僕たちが出て行ったら、どっちも気兼ねしちゃうだろうし……考え直してくれませんか？」

「……真一さんに従います。だって、妻になるんですものね、私。旦那さんは立てますわ……その代わり、私のわがままもたまには聞いてね？」

不満げな表情を一転させて、すっかり甘え上手になった靖子が、未来の夫の腕にしなだれかかった。駄々をこねたのは、こうして甘えるための口実だ。

「最近の靖子さんは、本当に甘えん坊だなあ……ちょっと、あんまり袖を引っ張らないでください……伸びちゃう」

「あん、他人行儀にさん付けするからです。知らない……ばか」

「じゃ、靖子。これでいいですか？」

「ほらまた。妻に、ですか？　なんて言わないわ」

「じゃ、もう言わないよ。これでいいだろ？」

「ちょっとお、本当にいい加減にしてよね！　見てるこっちがバカバカしくなってきちゃうわ……あぁ、二世帯なんてしなきゃよかったかな」

心底あきれたように未佳子が言った。もちろんみんなは大笑いだ。

季節は今は夏も盛り、大きな大きな入道雲が、真っ青な空に立ちのぼり、五人を見下ろしている。


あれからほどなくして、靖子と真一は婚約を決めた。

本当は真一は、すぐにでも結婚したかったのだけれど、新生活の準備をした後の方が落ち着くから……という、靖子の意見に従った。未亡人の靖子には、心の準備も必要だ。それに、肩書きはともかく、二人はすでに一つ屋根の下の同じ部屋に暮らしている。すでに結婚したも同然なのだ。

それから数日後に、お祝いしてあげなくちゃね？……と、未佳子に言われて、靖子も真一も丁重にお断りをした。未佳子には本当に本当に世話になった。これ以上なにかしてもらったらバチが当たる。

もちろん未佳子は、首を縦には振らなかった。姉さんには、今度こそしあわせになってもらいたいのよ……と、真面目な顔で言われて、二人はもう、なにも言えなくなったのだった。

「それにしても……お祝いの品が、二世帯住宅だなんて……あなたには、本当に色々と驚かされっぱなしだわ」

今日まで五人で暮らしてきた家を見ながら、感慨深げに靖子が呟く。リノベイションが済むまでは、明日からしばらく仮住まいだ。

「正確には三世帯だけどね……ところで、大丈夫？　同居みたいなものよ？」

改築準備のはじまっている家を見ながら、何気なく未佳子が訊いた。大事なことを訊く時の未佳子はいつもこうだ。

真一は二人から離れている。妹二人を伴ない、実家に最後の別れを告げに行った。

「……正直、ちょっと心配してるの。年上だし、おまけに未亡人でしょう？」

婚約を決めた時に、もちろん顔は合わせているし、すべてを正直に話してもいる。でも、一緒に暮らすとなると……靖子の心配はやはり尽きない。

「なんとかするしかないわね。過去は消せないし、かといって、未来を諦めるわけにもいかないし……」

「うん……頑張る。あなたたちのためにもね」

「なにかあったら言ってね？　こんな妹でも、いないよりはマシなはずよ」

「……ありがと」

建築業者が搬入をはじめた。二階の奥が靖子たちの部屋になる。新生活への期待が膨らむ。でも、心配も尽きない。前に踏み出す時は、期待に不安はつきものだ。

と――

「心配しないでください。靖子さんなら大丈夫です。僕が保証します」

いつの間にか戻っていた真一が、靖子の手を握って言った。握られた手から伝わってくる。未来の夫の優しさが。

その優しさに報いたい……と、靖子は強く思った。心から思った。

「もう、心配なんかしませんわ……あなたと一緒なんだもの……そして……」

靖子は、隣りの未佳子の手を握った。未佳子もすぐに握り返してきた。二人の妹の分まで力をこめる。四姉妹はとても仲がいい。

靖子はとてもしあわせだ。

一人の意固地な女のために、みんなとってもよくしてくれる。

終

フランス書院文庫

独身四《どくしんよん》姉妹《しまい》と居候《いそうろう》

著　者　弓月　誠（ゆづき・まこと）

発行所　株式会社フランス書院

東京都千代田区飯田橋３－３－１　〒102-0072

電話　03-5226-5744（営業）

　　　03-5226-5741（編集）

URL　http://www.france.jp

印刷　誠宏印刷

製本　ナショナル製本

ISBN978-4-8296-4148-4 C0193

フランス書院文庫X　偶数月10日頃発売

【暗黒版】性獣家庭教師　田沼淳一

そこは異常な寝室だった！　父の前で母を抱く息子の顔には狂気の笑みが。見守るのは全てを仕組んだ悪魔家庭教師。デビュー作が大幅加筆で今甦る！

肛虐許可証【姦の祭典】　結城彩雨

女子大生、キャリアウーマンを拉致、監禁し、凌辱の限りを尽くす二人組の次なる獲物は准教授夫人。肛姦の使徒に狩られた牝たちの哀しき鎮魂歌。

新妻奴隷生誕【鬼畜版】　北都　凛

初めての結婚記念日は綾香にとって最悪の日に！　穴という穴に注がれる白濁液。義娘と助けに来た姉も巻き込まれ、三人並んで犬の体位で貫かれ…。

【完全版】人妻肛虐全書Ⅰ暴走編　結城彩雨

熟尻の未亡人・真樹子を牝奴隷に堕とした冷二は、愛娘と幸せに暮らす旧友の人妻・夏子も毒牙に！　青獣は二匹の牝を引き連れて逃避行に旅立つが…。

【完全版】人妻肛虐全書Ⅱ地獄編　結城彩雨

冷二から略奪した人妻をヤクザたちは地下室へ連れ込み、肛門娼婦としての調教と洗脳を開始。元同僚の真樹子も加え、狂宴はクライマックスへ！

以下続刊

フランス書院文庫

新妻供出 淫獣上司に狙われて

綺羅光

奈穂の幸せな結婚生活はあの夜から暗転した。酔った夫を送ってきた悪魔上司に脅され犯され、体の隅々まで味わわれる。M性を暴かれた新妻は…。

人妻捜査官《クールビューティ》【全員奴隷】

御堂乱

「イキたくない。こんな奴等に…あぁッ」敵の手に落ちた仲間を救出しようとする人妻捜査官達は、次々と肛姦の餌食にされ、奴隷オークションへ…。

喪服母娘【ひとりみ】

小日向諒

「ダメよ、喪服を着たまますするなんて」青年のありあまる欲望に溺れていく未亡人・千沙子。二人の姦係に18歳の娘を巻き込む「事件」が発生し…。

お尽くしします 大正純潔娘と僕

山口陽

(恥ずかしい、殿方に見られてしまった)初々しい純潔娘に施す大人の口づけ、フェラチオ指南、閨房の作法…大和なでしこを調教する夢の生活!

淫ら熟女ぐるい 未亡人兄嫁と若兄嫁と義母

小鳥遊葵

「ほら見て…私のここ、もうすっかり濡れてるわ」田舎のしきたりに従い、僕を優しく導く兄嫁艶子。39歳、34歳、29歳…一つ屋根の下の淫らづくし。

新しい母、新しい姉妹、新しい先生

本城山羊

「私達みんなと公平にエッチすること」僕を奪い合う里親先の姉妹。エスカレートする争いにママまで加わり、家族の乱交は先生の知るところに…。